기다림이 길이 될 때

홍림의 마음

넓고 붉은 숲이라는 중의적 의미를 담고 있는 <홍림>은, 세상을 향해 추구해야
할 사유와 행동양식의 바람직한 길을 모색하고자 노력하고 있습니다. 폭넓은 독
자층을 향해 열린 시각으로 이 시대의 역할 고민을 감당하며, 넓고 붉은 숲을 조
성하는데 <홍림>이 독자 여러분과 함께하고자 합니다.

기다림이
　　　길이 될 때

지은이 최요한
펴낸이 김은주

1판 1쇄 인쇄 2022년 3월 14일
1판 2쇄 발행 2022년 7월 20일

펴낸곳 홍 림
등록 제 312-2007-000044호17
주소 서울특별시 마포구 백범로 8 우정마샹스 923
전자우편 hongrimpub@gmail.com
인쇄 동양프린팅
총판 비전북(031-907-3927)

값은 표지에 있습니다.
ISBN 978-89-6934-035-1 (03810)

기다림이 길이 될 때

최요한 산문집

홍림

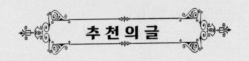

추천의 글

이 겸허하고 따뜻한 이야기는 한 사람의 예배자를 당신의 모습으로 빚어 가시는 창조주의 사역을 보게 한다. 행간에 흐르는 그 큰 사랑에 우리 모두가 연루되어 있음을 놀라워하면서…. 우리의 눈높이로 오셔서 아낌없이 자신을 주신 분의 아름다운 여정의 노래를 함께 부르고 싶어진다.

하덕규(시인과 촌장, 백석대학교 평생교육원 부원장)

어느 보통 사람의 지나치게 정직한 삶의 고백이 담겨있다. 삶의 굴곡이야 보다 더한 사람도, 덜한 사람도 있겠지만 고통을 마주하고 진리에 다가서는 그의 태도는 강철 같은 용기와 처절한 겸손을 온 몸으로 경험케 한다. 답을 찾지 못하더라도 친구여, 질문을 멈추지 말아주게나.

박기범(어노인팅 창립자)

인생 여정의 굽이굽이에서 만났던 고통의 순간에 수많은 질문이 생겼지만, 질문에 대한 답을 주시기보다 그저 안아주셨던 하나님의 사랑을 담담하게 이야기한다. 그 길을 함게 걸어오면서 봤던, 아프지만 단단하게 영글어가게 하신 하나님의 이야기를 저자에게서 듣는다.

한경숙 (어노인팅 연주자)

책을 읽으면서 마음의 눈물이 촉촉히 흘렀다. 저자가 말하는 '기다림'의 의미가 마음 깊이 느껴졌기 때문이다. 내 인생 내 마음대로 안 된다는 것을 인정하는 사람은 내 뜻보다 하나님의 뜻을 구하게 된다. 우리 인간은 자신의 한계를 통해 하나님의 뜻이 내 뜻보다 나와 우리 모두에게 더 유익함을 알게 되기 때문이다. 저자는 지나온 삶의 모든 굴곡의 과정을 통해 하나님의 뜻을 구하는 삶이 어떻게 만들어졌는지를 말한다. 목표와 방향이 분명한 그의 '기다림'을 우리 모두가 배울 수 있도록 이런 고백서를 내줘서 고맙다.

박지범 (제이패밀리 미니스트리 대표)

가장 일상적인 이야기로 써 내려간 가장 영적인 이야기다. 한 사람의 살아있는 내러티브를 통해 실패와 연약함으로 점철된 우리의 실존 속에 자리하시는 하나님의 손길을 말한다. 그렇기 때문에 더 깊이 우리의 마음을 울린다. 길을 잃은 당신에게 이 책이 따뜻한 위로와 소망을 전해줄 거라 확신하며 기쁜 마음으로 일독을 권한다.

김준영 (제이어스 대표)

한 사람의 인생을 들여다보다가 낯선 위로를 얻었다. 이야기를 따라갔을 뿐인데 그가 부르는 노래가 다시 들린다. 아름답기만 한 인생이 어디 있을까? 멀리서만 바라보던 탁월한 예배인도자의 인생이 손에 닿을 거리에 와닿는다. 자신이 가졌던 고민의 한복판으로 우리를 데려와 속살을 보여주는 그 마음이 참 고맙다. 파르르 떨며 진북을 가리키는 나침반같다. 흔들리지만 고장나지 않은, 흔들려서 오히려 더 정확한! 그의 떨림에서 위로를 얻는다. 힘을 얻는다. 여전히 하나님 나라의 꿈에 가슴 뛰는 나를 만난다.

김영석(배화여자대학교 교목)

잔잔한 미소가, 가슴 저미는 애통이, 더없는 기쁨이 책을 열었다 닫는 순간까지 가득했다. 서로 연관이 없어 보였던 믿음, 소망, 사랑이 왜 서로 묶여있는지 알아가고, 존재로서의 나를 사랑하시는 하나님을 보면서 다 읽은 산문집의 첫 페이지를 다시 열어보게 된다.

공민귀(한길안과병원 망막센터 진료과장)

삶의 여정에 솔직하고 아름다운 고백을 나누어주는 목사 길동무를 만났다. 언젠가 함께 오토바이를 타며 바람을 맞고 싶은 욕심을 내려놓기 힘들다.

심태윤(컴패션밴드 리더)

마치 시편처럼, 솔직한 삶의 고백으로 시작하여 다시 하나님을 찬양함으로 마무리되는 이 산문은 우리에게 큰 위로가 된다. 자라면서 듣고 보았던 간증과는 다르게 글쓴이는 철저히 스스로의 부족함과 나약함을 드러내놓고 고백한다. 그 솔직한 방백은, 해답을 주는 것이 아니라 우리의 삶과 너무나 흡사하여 지금도 무너짐과 부서짐을 경험하는 우리에게 위로를 준다. 지금도 해결되지 않고 여전히 아픔 가운데 있는 그의 삶, 그리고 우리 모두의 모습은 마치 하나님의 나라와 같다. 이미 회복이 임했으나 임하지 않은 상황. 각자의 자리에서 아픔과 무너짐을 경험하고 있는 이 땅의 모든 그리스도인들에게 큰 위로가 되길 소망한다.

박은총(위러브 크리에이티브 대표)

'오래'라면 오래 전, '가까이'라면 가까운 1982년~1983
년, 나의 의지와는 상관없이 무기력한 상태로 10개월간
모태에 존재했었다. 존재할 의지를 선택하지 못했고, 태
어날 시기와 이름조차도 스스로 짓지 못했다. 몸도 가누
지 못하는 무능력한 존재로 그렇게 이 땅에 태어났다. 이
후, 무엇을 인지할 수 있을 때는 기독교 가정에서 태어난
자로서 타인의 설득을 통해 자신을 '죄인'이라 일컫는 사
람이 되었고, 신앙조차 선택할 수 없는 무기력이 꽤 길었
다.

　　　　조금의 세월이 흐른 뒤 표면과 내면을 인식할
수 있는 시점을 넘어 자신을 책임지며 살아가야 할 때는
인생에서 비롯된 하나님을 향한 물음으로 가득했다. 이
런 갈등이 그를 열심히 섬기는 사람들에게 들켜버릴까

봐 끙끙댔다. 답을 찾지 못하는 무지함에는 짓눌렸다. 점차 연기는 훌륭해져 갔고 지금도 매우 훌륭한 편이다. 신 앞에서 '나'라는 존재는 마치 오르골 상자 안에 들어 있는 작은 사람 모양 조각 같았다. 뚜껑을 열면 매번 같은 음악에 맞추어 빙빙 돌고 또 도는 별다른 의미 없는 존재처럼 말이다. 그나마 신께서 그 뚜껑마저 닫으면 다시 찾아오시기까지 오랜 시간을 기다려야 했다.

　　　이 긴 여정에서 난, 기쁨 뒤에는 어김없이 긴 슬픔이 찾아온다는 것도 알게 되었다. 동병상련과 같은 인생들은 자의적이고 타의적인 문제를 반복하면서 복잡한 관계의 넝쿨에 들어간다. 시간이 흐를수록, 능력이 생길수록, 자아가 커질수록 그 복잡하고도 미묘한 세계에 빠져 더욱 허우적댄다. 마치 도시락통에 나누어진 반찬들처럼 칸막이의 저항을 무너뜨려 뒤엉켜버리는 것이 인생인 것 같다. 금전과 육체에 관한 물음은 이제는 곰팡내가 풀풀 나는 다락처럼 오래된 짐으로 가득 차 있다.

나의 색은 회색, 표면은 까끌까끌해 보인다. 감촉은 건조하다. 감정은 안개보다 옅다. 수려한 신앙인들처럼 그렇게 살지 못했다. 아직 인생의 답을 찾지 못하고 있다. 그러나 참 이상한 건 믿음과 소망이 멈추질 않는다. 저항할 수 없이 이미 그분 안에 사로잡혀 있다. 지혜자들로부터 이것이 '사랑'이라고 들었다. 그러나 이제는 느끼고 싶다. 그리고 화사하고 촉촉해지고 싶다.

　　책 출간은 처음이다. 글 뒤에 숨어 감성팔이를 하고 싶지는 않다. 수많은 사람이 각자의 삶의 무게를 짊어지고 살아가고 있다는 걸 안다. 용기를 내어 첫 발걸음을 내디딘 이유는 누군가의 여정 속에 잠시 길동무가 되어 주고 싶어서였다. 거절에 익숙하다. 그러나 타인에게 거북한 사람이 되긴 싫다. 내가 전하는 이야기는 인생과 신앙의 답이 아니다. 신께서 지구에 뿌려 놓은 한 사람의 감정을 공유하고 싶은 마음을 많은 독자들이 공감해줬으면 좋겠다.

2022년 봄, 최모안

차—례

1장 나의 이야기

2장 나와 어노인팅

3장 사역 구원

그 짧은 시간, 주체할 수 없이 슬픈 감정이 흘러나왔다.

그 때 알았다. 그동안 나를 위해 울어본 적이 없다는 걸.

두려움과 절망을 감추고 덤덤히 살아가는 것을

마치 사명처럼 여겼던 것 같다.

생각해보니 그날 이후 눈물이 많아졌다. _p17

1
장

나의 이야기

그날 이후
눈물이
많아졌다

2018년 여름, 예상했던 시기보다 빨리 그동안 잘 버
텨주었던 한쪽 눈에 이상 징후가 나타났다. 하필 한
통의 전화가 몹시 마음을 아프게 했던 날이었다. 비
단, 그 한 통의 전화로 눈의 상태가 악화된 건 아닐
것이다. 진행되던 과정에서 그날의 일이 겹친 것이
다. 의심할 여지 없이 심각한 상황이었다. 피해가고
싶었지만, 오래 전부터 마음의 아픔이 크지 않도록
나름 준비했었다. 물론 그때도 알았다. 부질없는 연
습이라는 것을. 그래도 사람 마음이 어디 그런가, 틈
틈이 언젠가는 마주하게 될 수 있는 날을 대비했다.
마음의 상처가 꽤 깊을 것을 알았기 때문이다.

난 잠시 거실 바닥에 누웠다. 오래전 한쪽 눈을 잃어버린 경험이 있기 때문에 응급상황에 대처할 수 있었다. 어쩌면 그보다 상한 감정과 마음을 가족들에게 들키고 싶지 않았다. 마음을 진정시킨 후 아내에게 차분히 나의 상태를 알렸다. 크게 놀란 아내는 상태에 대해 계속 질문했지만, 처음 겪는 증상에 당황하고 혼란스러운 내가 대답할 수 있는 건 없었다. 그 와중에 주위를 맴돌던 네 살 된 아이의 목소리가 입체적으로 들려왔다. 저렇게 사랑스러운 아이가 성장하는 모습을 앞으로 볼 수 없으리라 생각하니 그간 연습한 것이 힘없이 무너져 내렸다. 그 짧은 시간 동안 주체할 수 없는 슬픈 감정이 흘러나왔다. 그때 알았다. 그동안 나를 위해 울어본 적이 없다는 것을…. 두려움과 절망을 감추고 덤덤히 살아가는 것을 마치 사명처럼 여겼던 것 같다. 생각해보니 그날 이후 눈물이 많아졌다.

상황 수습을 꽤 잘하는 나는 집과 멀지 않은 곳에 사는 형에게 전화를 걸었다. 시간은 밤늦은 9시, 기꺼이 도움을 줄 분이라 생각했다. 역시 형은 다급하게 달려와 줬다. 참 감사한 분이다. 나는 형이 운전하는 차에 올라 탔고, 응급실이 있는 안과 전문 병원을 찾아갔다. 조수석에 누워 눈을 감고 한참을 달리고 있는데, 익숙한 길이기에 눈을 감아도 그 풍경이 선명하게 보이는 것 같았다. 한여름 밤 올림픽대로, 길게 펼쳐진 가로등은 늘 장관이다. 감상적이던 대세도 잠시, 자동차 에어컨의 적당한 온도가 나를 쾌적하게 하는 순간 다시 나의 상태가 자각됐다. 나 지금 아프구나….

기도해야 한다는, 살기 위한 욕구가 올라왔다. 간절히 기도하고 싶었다. 그런데 기도를 할 수 없었다. 이유는 두 가지. 하나님께 모든 걸 맡기고 그 결과가 어떻게 되든 주님의 뜻이라고 기도하기가 어려웠다. 혹여나 원하지 않는 결과를 짊어지고 살아야 할까봐 두려워서였다. 나는 위대한 신앙인들이 극한의 어려움을 극복한 사례들을 볼 때마다 늘 자신이 없었다. 또 하나의 이유는 치유해 달라고 간절히 요청하는 기도를 하기 어려웠다. 이 간절함마저 거절당하면 내 안에서 솟구치는 분노를 스스로 감당할 수 없을 것 같았다.

응급실에 도착해 진료 접수를 했다. 아직도 근무하시던 분의 목소리 속에서 비치던 뉘앙스가 잊혀지지 않는다. 위기에 처한 사람을 일상처럼 대하며 사는 사람, 환자의 처지를 안타깝게 생각하지만, 그분에게는 일상에서 만나는 한 사람이었다. 그런데도 그분의 목소리에서 흘러나오는 분위기가 상태의 위중함을 짐작하게 했다. 진료를 받으면서도 증상은 계속되었다. 그러나 원인을 찾지 못했다. 그렇게 오랜 시간을 뒤로 하고 병원을 힘없이 나와 집으로 돌아왔다.

어노인팅은 성서정과를 통해 말씀 묵상을 한다. 그 무렵 묵상했던 시편 1편이 떠올랐다. 가려진 눈 사이로 보이는 강변의 나무들은 매우 진한 초록빛이었다. 견고한 뿌리로 아주 단단하게 그 자리에 서 있었다. 딱 봐도 건강한 나무들이었다. 그런데 난 시들어가고 있었다.

> 그는 시냇가에 심은 나무가 철을 따라 열매를 맺으며 그 잎사귀가 마르지 아니함 같으니 그가 하는 모든 일이 다 형통하리로다
>
> **시편 1:3**

이 말씀을 떠올리고 나를 바라보니 난 앙상한 가지만을 남겨두고 이대로 바스러질 운명 앞에 놓인 나무 같았다. 그분 가까이에 심겨진 나무가 아니었다. 하나님께 더는 따질 힘도 없었다. 경험상 지금 같은 상황의 경우 내가 원하는 엔딩이 아닐 때가 많았다.

그해 겨울까지, 눈에 나타나는 증상의 원인을 찾아 많은 병원을 방문했고 날마다 두려움 속에서 지냈다. 중학생 시절 한쪽 눈을 여러 차례 수술하여 오랫동안 두 눈을 가리고 손으로 주변을 더듬으며 살았던 경험이 있다. 생리 활동마저 누군가의 도움을 받아 해결하던 수치스러운 그때를 생각하니 더욱 암담했다. 아니 그래도 그때는 나머지 한쪽 눈에 대한 희망이라도 있었다. 그랬다. 난 그렇게 생의 겨울, 한복판에 서 있었다. 그래도 의연하게 사역했다. 연기에 능한 나는 능숙하게 일을 했다. 말 그대로의 일. 빠른 일상으로의 복귀가 무엇보다 시급해지는 환경 속에서 여전히 최선을 다해 일했다.

바람이 살을 패는 듯한 몹시도 추웠던 어느 겨울날. 강의 준비를 하던 중이었다. 요청받은 내용은 시편 1

편이었다. 나를 메마른 나무라 여기게 했던 그 말씀이다. 사무실에 앉아 성경 구절을 묵상하고 집으로 돌아가는 길이었다. 지난 여름의 그 길을 지날 때였다. 길에 놓인 나무들을 바라보았다. 마르고 앙상한 가지만 남겨져 있고, 그 중의 가장 얇은 가지에 마른 잎사귀들이 안간힘을 다해 매달려 있었다.

그날 내가 보고 있던 나무들은 죽은 게 아니라 누가 봐도 살아 있는 나무였다. 마치 봄을 준비하기 위해 자신들의 수치를 참고 견디듯 추위와 맞서 버티고 있었다. 시편 1장의 나무 비유 앞에서 나는 생명을 잃은 메마른 나무라 여겨졌었다. 그런 앙상한 나무는 주인에게 버려졌다 생각했다. 그러나 그간에 감정을 벗어버리고서야 비로소 하나님의 말씀에서 놓친 단어가 있었다는 것을 깨달았다. '철을 따라…'.

시냇가의 심은 나무는 사시사철 열매를 맺는 것이 아니었다. 그 나무는 시절에 따라 열매를 맺었다. 또 잎사귀가 마르지 않는다는 것은 잎사귀를 맺는 일이 무수히 반복된다는 뜻이리라. 겨울을 버티고 있는 나무처럼 건조함에 메마른 시간을 보내고 있던 나는, 시냇가에 심어진 나무라면 온종일 윤택한 잎사귀와 풍성한 열매를 맺어야 한다고 생각했다. 성경에서의 비유같이 주님 곁에 심겨진 나무가 아니라는 결론을 낸 것도 그래서였다. 그저 메말라 보인다는 것을 증거로 스스로 비천해졌다니…. 미련함에 가슴이 먹먹해졌다. 지금도 건조하지만 난 죽지 않았고 앙상한 가지일망정 다행히 잎사귀는 아직 다 마르지 않았다. 열매는 보이지는 않지만, 아직 시절이 오지 않은 것이다.

나는 시냇가에 심겨진 나무. 지금도 그 시절을 반복하며 산다. 그리고 이 원인 모를 불치병에 전전긍긍하며 지낸다. 내게 기적이 필요하다면 눈의 상태가 더 악화하지 않는 것. 그랬으면 좋겠다.

기다린다는 건
신뢰한다는
거다

성탄이 다가오면 늘 어린 시절을 떠올린다. 모든 감각이 망설이지 않고 그때를 재현해준다. LED 전구보다 흐릿한 삼색 전구가 정겹고 따뜻했던 그때로. 새벽에 잠에서 깨어 내복 차림으로 엄마 품속에 안긴 채 청년 선생님들의 방문을 맞고 들었던 찬양소리가 아직도 뇌리에 생생하다. 어쩌면 나의 뇌를 가장 포근하게 만들어 주는 기억 같다. 그런데 이 아름다운 추 억은 그날의 기억으로 막을 내린다.

국민학교 6학년 겨울방학, 교회에서는 성탄 준비가 한창이던 날이었다. 성탄연습을 마치고 집으로 돌아온 나는 매우 분주하고 낯선 분위기를 통해

뭔가 쓰나미같은 어려움이 찾아올 것이라는 예감이
들었다. 왜 나쁜 예감은 그리도 적중률이 높은 건지,
집에 도착한 나와 동생은 영문도 모른 채 남원에 있
는 외조부의 댁으로 옮겨갔다. 이동하는 자동차 안에
서의 기억은 움직임 없는 사진 한 장처럼 뒷좌석에서
바라본 전면 창의 풍경이 전부다. 그 사이로 보이는
누군가의 어깨와 함께.

　　　매우 차가운 길이었다. 그날 이후 오랫동안
동생과 나는 그곳에 머물렀다. 많은 물음이 있었지
만, 질문할 용기도 없었고 질문할 상황도 아니란 걸
어린 눈치로 알고 있었다. 차곡차곡 분노만 쌓여갔
다. 그렇게 오랜 시간이 지났다. 어린 나이에 부모를
기다리기에는 너무나도 긴 시간이었다. 아무런 소식
을 듣지 못하고 그저 세월을 흘려보냈다. 어린 동생
은 자신을 감당하며 살아갔고, 나 또한 내색 않고 나
를 감당하며 살아갔다.

어린 남매는 연로한 외조부모가 손주들을 감당하기
에 버거울 것이란 걸 지내면서 바로 알았던 것 같다.

이해하지 못한 채 그곳에 던져져 낯설고 불안한 시간을 보냈지만 그것도 잠시, 우리는 단숨에 새로운 환경에 순응하고 제법 잘 적응했다. 학교도 다녔고, 교회도 다녔고, 친구들도 사귀었다. 나름 재미있는 시간이었다. 적어도 그날의 전화 통화가 있기 전까지는….

　일상의 안정감을 만들기 위해 노력하는 것이 일상이 된 어느 날, 전화 한 통이 걸려왔다. 사람은 영적인 동물이라 했던가. 수화기를 드는 찰나에 엄마의 목소리가 들리리라 생각했던 것 같다. 아직도 생생하다. 그때 내 모습. 수화기를 든 채로 얼어붙은 몸과 귀에 닿는 손의 떨림, 전신의 피가 발끝으로 떨어지는 듯한 느낌과 함께 손끝에 저림이 불쾌하게 느껴졌다. 한참이 지나 들리는 목소리.

"잘 있었어, 아들?"

이제와 생각해 보니 엄마의 목소리에는 뼈저린 미안함과 그리움이 담겨 있었던 것 같다. 그러나 그 시간 나의 감정은 매우 혼란스러웠고 잘 있었냐는 엄마의 질문에 분노와 보고싶음의 양면 감정이 뒤섞여 폭발하기 직전이었다. 정확히 말하면 지구에서 사라지고 싶었다. 이후 더 큰 감정이 휘몰아치게 되었는데 그것은 엄마의 약속때문이었다. 나와 동생을 곧 데리러 오겠다는 약속이었다.

통화를 마치고 몸과 마음이 만신창이가 되었다. 하루아침에 정신을 차리기에는 버거운 충격이었던 것 같다. 정신을 차리고 나는 달력에 약속받은 날을 표시했다. 그러고도 잔인한 시간을 계속 보냈다. 기다리는 일은 힘겨웠다. 애플 신제품을 주문하고 배송 날짜를 기다리는 것과는 비교할 수가 없다. 게다가 당시 어린 국민학생의 마음속 어려움은 기다림보다 부모에 대한 신뢰에 있었다. 약속한 날짜가 다가올수록 불안함이 나를 더욱 조여왔다. 시간이 그날을 향할수록 설렘과 초조함은 빈대떡이 노릇노릇해지도록 뒤집는 뒤집게처럼 반복적으로 나를 뒤집었다.

약속한 그날이 왔다. 초까지 멈춰 있는 것 같았다. 엄마, 아빠는 우리를 찾아왔다. 그 시간 나와 동생은 반항도 저항도 환대도 하지 않았고, 웃지도 울지도 않았다. 모든 것을 이해하려 노력하지도 않았다. 이해할 필요도 없었다. 납득되지 않았지만 그들의 품에 안기는 것으로 나는 만족했다. 그러나 그때의 그 씁쓸함과 서글펐던 감정은 성인이 된 지금도 마음속 깊이 남아있다.

　　고린도서에는 믿음, 소망, 사랑에 대해 나온다. 나는 말씀을 읽을 때마다 믿음과 소망 그리고 사랑에 대하여 지난 추억을 통해 이해한다. 우리는 하나님의 약속을 믿는다. 믿는다는 것은 이 세상에서의 완결과 완벽함을 서술하지 않는다. 믿음 안에는 신뢰가 있다. 그러나 동시에 신뢰를 무너뜨리려 하는 무언가에 대한 저항이 필요하다. 엄마가 온다는 약속 이후 난, 신뢰와 동시에 불확실함 속에 허덕이는 마음에 저항했다.

그리스도인들은 하나님의 언약을 믿고 살아간다. 동

시에 불완전함 속에서 살아간다. 때로는 약속이 너무 멀게 느껴지고 현실감이 떨어지기도 한다. 그러나 믿음을 견인해주는 것은 소망이다. 난 엄마와의 만남을 줄곧 상상했었다. 저녁을 만드는 엄마의 뒷모습을 볼 수 있고, 주말에는 아빠가 운전하는 차를 타고 함께 여행을 떠날 수 있으며, 함께 자고 일어나는 걸 상상하는 것만으로도 그 약속에 대한 믿음이 더욱 강해졌다. 누군가는 이것을 정신 승리라고 할지도 모르겠다. 그러나 하나님은 당신의 나라를 상상할 수 있는 은사를 우리에게 주셨다. 많은 그리스도인이 자신들이 처한 환경에서 하나님을 상상하는 것을 통해 그분의 품을 생각하고 그분의 나라를 떠올리며 살 것이다.

지금은 우리가 거울로 영상을 보듯이 희미하게 보지마는, 그 때에는 얼굴과 얼굴을 마주하여 볼 것입니다. 지금은 내가 부분밖에 알지 못하지마는, 그 때에는 하나님께서 나를 아신 것과 같이, 내가 온전히 알게 될 것입니다. 그러므로 믿음, 소망, 사랑, 이 세 가지는 항상 있

엄마, 아빠와 드디어 재회했다. 그 순간만큼은 약속에 대한 신뢰를 고민할 필요가 없었다. 만남의 순간을 더는 상상하지 않아도 되었다. 남은 건 실제적인 만남이다. 어떤 이해도 필요 없는 존재와 존재의 만남. 결국 난 부모님을 만났고 믿음과 소망의 요구가 필요 없는 그 시간을 누렸다. 결국, 사랑만 남았다.

　　　우리는 하나님의 약속을 믿으며, 소망을 품고 삶의 무게를 감당하며 살아간다. 그 과정에는 수많은 이야기가 포함되어 있다. 시간이 흐른 뒤 주님의 때에 하나님을 만나게 될 것이다. 그리고 그날에 우리가 간직한 믿음과 소망은 각자의 사명을 다하고 소멸할 것이다. 우리가 그렇게 갈망해온 진정한 사랑, 영원한 사랑, 변하지 않는 사랑으로 영원을 살 것이다.

나는 믿음의 여정을 걷고 있는 독자들과 이 글에 마

음을 쏟아주는 분들에게 진심을 전하고 싶다. 힘겨운 날과 기쁜 날은 모두에게 반복되니, 끝없이 하나님을 상상함으로 소망을 품길 기도한다고. 믿음과 소망을 통해 사랑 깊이 잠길 수 있는 날은 반드시 찾아올 것이다.

함께

만들어 가고 있는 방식이
우리의 것이다

언제부터인가 '아내'라는 호칭이 어색하지 않게 자연
스러워졌다. 새로운 사람들을 만나고 좀 더 관계의
깊이가 생기면 대부분 연애에 대해 질문을 하는데,
여기서 늘 고민되는 건 과거를 묻는 것인지, 아내와
의 연애를 묻는 것인지 헷갈린다. 혹자들은 이런 나
의 갈등을 즐기거나, 아니면 비판하거나 무관심한 사
람들이 있을 것이다. 그래도 왠지 결혼에 관한 이야
기는 써야할 것 같다.

　　　아내 서진실을 만난 건 어노인팅에서였다.
2009년 즈음 팀에서는 새로운 멤버들을 선발하고
훈련하였는데, 그녀는 그중 한 명이었다. 당시 나는

신입 멤버들을 훈련하는 간사였다. 아직도 아내의 첫 인상이 생생한데, 그녀는 매우 도도한 얼굴이었다. 그녀를 볼 때마다 얼굴값 한다(?)는, 소위 세속적인 표현이 먼저 떠올랐다. 누누이 주변에 이야기해왔지 만 관심은 전혀 없었다. 그런데 지금 생각해보니 이런 생각을 했다는 것이 본능적 호감 아니었나 싶다. 그러나 그때는 서로 교제 중인 상대가 달랐다. 이후 우리는 한팀에서 오랫동안 함께 사역했고 청년의 때에 겪는 몇 가지 시련과 이별을 경험한 후 각자의 운명에 이끌려 결혼을 하게 되었다.

결혼을 염두에 두고 고민 중인 사람들로부터 종종 받는 질문이 있다.

"이 사람과 결혼할 것이라는 확신이 생기나요?"

세상에는 일반화시킬 수 없는 것들이 많다. 특히, 연애, 결혼 등의 인간관계는 더욱더 그렇다. 나의 사례를 이야기해 보면 거센 바람이 순간 몰려오는 것 같은 강력한 확신은 없었다. 시간이 더해 갈수록 확신보다는 각자의 환경이 서로의 관계를 더욱 깊이 있게 이끌어 갔다. 그 지점에 이르러 서로가 멀어질 수 없는 운명에 도달했음을 알았다.

교회 안에 배우자를 위해 기도하는 사람들이 많다. 개인적으로 좋은 배우자를 만나게 해달라는 기도가 내게는 이전부터 늘 어색했다. 물론, 그 뜻은 이해한다. 더불어 하나님은 모든 시간을 창조하시고 운행하시기에 결혼에도 개입하신다. 그러나 좋은 상대, 정해주신 배우자를 보내주시길 기도하는 것은 느낌적 느낌이지만 좋은 방식은 아닌 것 같다.

이런 논리라면 주변에서 종종 일어나는 힘든 결혼 생활 끝에 얻어진 부정적인 결과에 의문이 생긴다. 오히려 수많은 사람들과 스쳐가는 인생에서 자신과 잘 맞는 사람을 배우자로 찾아낼 수 있는 눈을 달라고 기도하는 게 맞을 것 같다. 동시에 솔루션을 제공한다면 연애의 경험이 쌓여 갈수록 자신이 좋은 상대로 성장할 가능성이 높아진다고 생각한다. 물론 절대적으로 내 개인의 생각이다.

나는 네 번의 연애를 했다. 처음보다 두 번째 연애에 좀 더 성장해 있었다. 그럴 수 있는 이유는 성찰의 시간이라고 할까, 이별의 아픔이 이전 연애에서 나의 미흡했던 점을 돌아볼 수 있게 했기 때문이다. 그러다 보니 네 번째 연애에서 나는, 이전보다 좀 더 성숙해 있었다. 완벽은 아니지만 모난 부분과 집착, 이상과 현실에 균형이 생겼다.

아내와의 관계는 사회적 계약으로 성립된 것이 아니다. 창조주와 피조물이 맺은 언약과 동일하다. 전자는 파기할 수 있으나 후자는 불가능하다. 적어도 하나님 앞에서 서약한 우리의 관계는 무엇으로도 끊을 수 없다. 연애는 부담스러우면 포기할 수 있다. 불편하면 멈출 수 있다. 그러나 하나님께서 우리와의 관계를 회피하지 않고 지금껏 함께하셨던 것처럼 결혼에는 책임이 따른다. 넓게는 하나님이 예비하신 짝을 만나는 것이지만, 서로의 선택으로 부부 관계를 하나님 앞에서 약속하는 것이다.

그러나 부부라는 오묘한 관계에는 늘 위험

이 도사리고 있다. 결혼부터 지금까지, 그리고 앞으로도 아내와 나는 매일 새로운 걸 경험할 것이다. 만남부터 오늘날까지, 모두 새로운 일들이었다. 딱히 답이 있는 일들도 아니었다. 어쩌면 선행된 전문적 지식과 공식을 모든 부부에게 대입하는 것은 무용지물일지 모르겠다. 결국 아내와 내가 함께 만들어 가고 있는 방식이 우리의 것이다. 오늘도 부부라는 관계를 책임지기 위해서 서로를 챙기지만, 누구의 말처럼 진한 사랑은 없다. 설렘도 없다. 더 열정적으로 사랑하게 될 날을 기대하지도 않는다. 이유는 아내를 '상대'라고 표현하지 않아서다. 아내를 '상대방'이라는 관계 수식으로 정의를 내릴 수는 없다. 부부는 하나이기 때문이다. 면과 면이 맞닿은 경계선을 구분할 수 없을 정도로 시간이 흐르고 있다. 그 경계선을 구분할 수 있는 분은 오직 하나님 한 분 아닐까?

인생의 고비가
이렇게
반복될 수 있을까

아내 뱃속에 있는 둘째 아이의 정기검진을 위한 날.
여느 때와 같이 노래를 들으며 아내와 함께 병원을
향했다. 매번 그렇듯 좀 더 자란 아이의 모습을 볼 수
있는 설렘과 아이 둘을 키울 것에 대한 작은 염려가
우주 끝까지 왔다 갔다를 반복했다. 그럼에도 상쾌한
마음으로 아침 길을 나섰다. 오랜만에 느끼는 일상의
여유처럼 그렇게 자연스럽게 흘러갔다.

　　　진료 순번이 되어 아내와 첫째 아이인 서진
이, 모든 식구가 함께 초음파실로 들어갔다. 얼굴이
또렷하고 아들인 것도 선명하고 여전히 건강하게 잘
크고 있었다. 서진이는 초음파 영상이 신기한지 모

니터에 집중하고 있었고, 보아도 분별 못하는 나에게 귓속말로 판독해주기도 했다. 실은 내가 궁금한 건 성별이었다. 이전 진료에서 눈치챘지만, 더욱 확실한 증거가 필요했다. 특히, 어노인팅에서는 한동안 딸 출생 소식이 없었기 때문에 멤버들은 우리 가족만큼이나 성별에 많은 관심을 가졌다. 역시 아들이었다.

그렇게 또 시간이 흘렀다. 우리 셋은 다시 진료실로 들어섰다. 묘하게 이전과 분위기가 달랐다. 마치 시간이 멈춰있는 것 같았다. 의사 선생님도 간호사 선생님도 침묵한 채 모니터에 집중하고 있었고, 나 또한 초조한 마음을 누르고 분위기에 맞춰 선생님의 답을 기다리고 있었다. 서진이의 굳은 몸과 떨리는 심장 박동이 아이를 안고 있는 팔을 통해 고스란히 느껴졌다. 이미 공포스러운 통보가 있을 것이라고 예감한 나는 스스로에게 '살아내야 한다'라고 먼저 말을 건넸다. 혹시 모를, 정신력이 바닥까지 떨어질 일이 두려웠던 나는 최악의 상황에 대처하기 위해서 온갖 신앙 이론들과 고비를 극복했던 상황들을 상기하며 자신을 다독이고 있었다. 말도 안 되는 일이다. 절대 찾아오면 안 되는 고통이다. 적어도 지금은 아니다. 왜! 이런 일이 또 찾아오는 것인가.

드디어 조심스럽고 어렵게 선생님이 말을 이어가셨다. 아이에게 선천성 심장질환이 의심된다는 소견이었다. 어떻게 해야 내 감정을 표현할 수 있을까? 적나라하게 이야기하면 지금은 아니라고 말하고 싶었다. 그 대상이 누구이건 현재는 이 상황을 견딜 힘이 없다고 말하고 싶었다. 나는 그간 너무 힘들었다. 연속되는 아픔과 좌절 속에 간신히 견디고 있는 당장은 감당할 수 없었다. 다리에 힘이 풀리고 주저앉고 싶었다. 간신히 안고 있는 작은 아이의 몸을 의지해서 버티고 있는 나를, 주님이 돌봐 주시길 바라는 마음으로 간절히 기도했다.

그렇게 우리 셋은 아무 말 없이 병원을 나와 차에 올라탔다. 아내와 아이를 뒷좌석에 앉히고, 나는 핸드폰을 들고 차 밖에 나와 섰다. 그리고 엄마에게 전화했다.

울고 싶은데 뒤에서 보고 있을 아내 때문에 온 힘을

다해 참았다. 혼자였다면 통곡할 수도 있는 심정이었다. 애써 참기 위해 치아를 하염없이 쥐어짰다. 잇몸이 버티지 못할 것 같았다. 그날 엄마가 해준 말은 기억나지 않는다. 하나님의 마음이라며 설명하셨는데 내용이 기억에 없다.

짧은 40여 년의 인생동안 이렇게 많은 고비가 반복될 수 있을까? 나는 뻔한 답을 듣고 싶지 않았다. 흔한 위로와 기도, 그리고 동정도 받고 싶지 않았다. 내가 원하는 건 하나다. 하나님의 일하심을 선명하게 보는 것! 단 한 번, 나의 삶에 기적을 보여주시길 바랐다. 피투성이가 되어 상처의 출혈이 멈추지도 않은 채 다시 시멘트 바닥에 상처를 긁혀 견딜 수 없는 통증까지 몰아가는 건, 도대체 무엇을 원하시는 것일까? 욥의 고난을 기록한 말씀 앞에 항변하고 싶었다. 난 욥이 아니라고. 내 가진 능력에 비해 너무 많은 힘을 소진하고 전력으로 버텨왔다고. 정말 나는 무능력한 사람이다.

　　　운전석에 앉은 후 뒤를 돌아 아내를 바라보

았다. 지금 할 수 있는 건 나를 만나 많은 위기 속에 꿋꿋하게 참아온 아내를 위해 최선을 다하는 것이었다. 아빠의 마음도 이런 데, 뱃속에 아이를 품고 있는 엄마의 마음은 오죽할까. 나는 오열하는 아내와 놀란 서진이를 안고 간절히, 간절히 기도했다.

"제가 당신을 이길 수 없습니다. 내 마음이 완악해져도, 그래도 난 당신이 필요합니다."

나의 기적
나의 행복
나의 아들

첫째 아이 이름은 최서진이다. 내 인생에 기적이 있
다면 어노인팅 식구들을 만난 것과 아내 진실이와 결
혼한 것, 서진이를 만난 것이다. 서진이는 나에게 나
올 수 없는 캐릭터를 가지고 있다. 매우 스윗하고 감
성이 풍부하다. 말 한마디 한마디 가슴이 아리도록
사랑스러운 언변을 구사하는 아들의 말과 행동은, 나
를 멈춰서게 한 적이 꽤 많았다.

　　　　어노인팅 목요예배 준비를 위해 소파에 앉
아 기타를 치며 찬양을 부르고 있던 날이었다. 내 방
에 찾아온 서진이가 조르르 다가오더니 내 옆에 나란
히 앉았다. 내 얼굴을 쳐다보며 방실방실 웃고 있는

아이의 모습이 너무 귀여워서 나는 즉흥적으로 노래를 불러 주었다. 가사는 생각나지 않지만, G 코드에 8마디 정도의 후렴구가 반복되는 노래였다. 생각할 것없이 진정성을 담아 불러줬다.(어쩌면 진정성이란 표현이 적합하지 않은 것도 같다).

　　　　내 아이를 향한 사랑의 노래였다. 아이는 가만히 노래를 들으며 뚫어져라 나를 응시했다. 매우 오묘한 표정을 지으며 한동안 그렇게 앉아 있던 아이의 눈에서 갑자기 초롱초롱한 눈물이 우수수 떨어졌다. 당황한 나는 그전보다 더욱 크게 노래를 불렀다. 거기에 곁들여 코드의 변화까지 주며 극적인 노래를 연출했다. 어느 정도 스스로를 진정시키고 차분히 노래를 마쳤다. 좀 우습지만 감동이라면 감동스런 촌극을 마무리하고 나자, 서진이가 말했다.

"나를 사랑하는 아빠의 노래, 행복해서 눈물이 나요."

순간 온몸이 떨리면서 모든 기능이 멈추는 것 같았다.

"너무 큰 사랑을 아빠가 받았다, 서진아."

서진이는 가끔 죽음에 대해서 질문을 한다. 하루를
마무리하며 저녁을 맞이하고 목욕을 하는 시간, 느닷
없이 아이가 죽음에 대해서 물어왔다.

> "아빠! 서진이가 자라면 아빠는 작아지고, 아빠가 작
> 아지면 서진이는 커져?"
> "……"
> "그럼, 점점 작아지면 하나님이 아빠, 엄마를 데려가
> 셔? 그럼 서진이는 자라기 싫어!"

아들의 이 말을 들은 아내는 나의 영향이라고 했다.
지금도 아이의 그 손동작과 표정이 아직도 생생하다.
때로는 너무 감성적인 아이를 보며 고민하게도 된다.
이것 또한 나를 통해 바래진 모습일 수도 있다. 그러
나 스윗한 서진이 안에는 나와 다르게 사랑이 있다.
자기가 만든 사랑 노래를 외할머니와 단둘이 있는 곳
에서 불러 주기도 하고, 길에 떨어진 낙엽에 위로의

말을 건넨다. 엘리베이터에 탑승한 분들에게 사랑과 축복을 아끼지 않는다. 일러주지 않은 감사와 고마움의 표현을 다양하게 한다. 찾아와준 손님을 기억하며 그분들을 그리워한다. 아이는 할아버지 할머니 품속에 느껴지는 온도를 좋아한다. 그리고 무엇보다 아침마다 아내와 나를 찾아와 이불 속에서 꼭 안겨 인사해준다.

"아빠, 엄마가 서진이 얼굴을 봐줘서 행복해!"

오늘의 아침 인사였다. 나도 안다. 곧 사라질 것이라는 걸, 그러기에 너무 미리 행복을 파괴하지 말아 주기를 주변 분들에게 바란다. 나는 살아오면서 이렇게 큰 행복을 느껴본 적이 없었다.

조금만 더 가까이
다가와 주시면
좋겠다

아내와 딸기(태아)의 상태를 확인하고 출산과 수술 준비를 위해 각각의 담당 의사 선생님들을 만났다. 어려서부터 병원을 자주 다니지만, 여전히 익숙해지지 않는다. 늘 긴장감이 맴돈다. 먼저, 딸기의 수술과정을 안내받았다. 상당히 복잡하고 어려운 수술이다. 그 동안 많은 정보를 얻은 터라 이해는 쉬웠다. 이전보다 더 태연하게 선생님의 설명을 경청할 수 있었다. 곧 궁금한 점을 친절히 물어보셨지만 더는 질문할 내용이 없었다. 체념 된 부분도 어느 정도 작용했고 곧 찾아올 그 시간을 위해 모든 걸 아끼며 준비하고 있기 때문이 아닐까.

다음은 아내 상태를 확인하기 위해 산부인과를 방문했다. 꽤 오랜 시간을 대기했다. 규모가 큰 의료기관이라 같은 공간 함께 대기하고 있는 사람들 대부분이 중증 환자이거나 보호자들일 것이다. 하나같이 그 시간을 위해 힘을 아끼고 있는 것 같았다. 원망도 한탄도 서러움도 심지어 분노까지도…. 우리는 한 공간에서 무언으로 서로를 격려하고, 어쩌면 더 중한 상태의 환자를 보며, '그나마 다행'이라는 위로를 스스로에게 하고 있는지 모르겠다. 후각으로 전달되는 은은하지만 시큼한 소독약 냄새마저 마치 영화의 OST처럼 그곳에 앉아 있는 수많은 사람과 섞여 매우 묘한 느낌을 진하게 전달했다.

진료 차례가 왔다. 호명이 되자 긴장감은 더욱 극도로 차올랐다. 명의로 소문난 의사 앞에서는 왜 그런지 더욱 조심스럽다. 진료를 받고 아내와 나는 명의의 설명을 들었다. 좀 황당하지만 진료 내용을 들을 때마다 그분의 피부에 집중하게 된다. 알고 있는 연세에 비해 얼굴 피부가 매우 곱고 윤이 나서 매번 감탄한다. 명의는 웃어 주셨다. 그리고 뻔히 보이는 바쁜 진료 일정 속에도 한 번 더 바라봐 주셨다. 그런데 그날은 달랐다.

　　　명의는 이내 엄마가 되었다. 평소보다 더 가까이 다가오셨다. 말을 놓으셨다.

"많이 힘들었지? 걱정도 많았을 텐데 잘 버텼네! 잘 했어! 그리고 우리 모두 잘할 거야!"

그리고 진한 진심을, 웃음에 담아 선물해 주셨다. 울음을 참기 위해서 발가락에 힘을 꾹 주었다. 단지 그분의 말 때문만은 아니다. 그 순간 나는 그 자리에 있어야 할 하나님을 잃은 심정이었다. 하나님도 나에게 조금만 더 가까이 다가와 주시면 좋겠다. 내가 연약해서 갈 방법을 도무지 찾을 수 없으니 당신이 조금 더 가까이에서 말해주시면 좋겠다.

발가락
잔혹사

서진이 발톱에 사마귀가 생겼다. 그동안 아내와 함께
치료를 다녔는데, 이번에는 나와 서진이 둘이서 병원
을 찾았다. 차로 10분 정도 되는 이동 시간에 아이에
게서 무용담 같은 치료 현장의 이야기를 들었다. 발
가락을 아주 차가운 바람으로 '쉭!' 하고 나면 엄청 아
리고 눈이 찡그러질 정도로 아프다고 했다. 요지는,
자신은 그것을 참을 수 있다는 것이었다. 단, 조건이
있었다. 엄마가 손을 잡아주면 아픔을 참을 수 있다
고 했다. 이런 아이가 너무 귀여워서 나는 한껏 놀려
줬다. 아빠 말장난의 수준은 저질이었다. 너무 심했
나 싶었는데, 역시 아이가 의기소침해지더니 마음이

상한 것 같았다. 왜 나는 수위조절을 못해 이 지경을 만드는지 모르겠다.

드디어 병원에 들어섰다. 아이는 다시 상기된 얼굴로 접수 이후의 모든 순서를 내게 가이드하기 바빴다. 꽤 오랜 시간이 흘러서 호명된 '최서진'과 내가 진료실에 들어갔고, 그곳에서도 선생님을 기다리는 동안 아이의 무용담은 이어졌다. 서진이가 누구를 닮았겠나, 나는 아이의 무용담 하나하나에 대응하며, 아빠는 이보다 큰 아픔을 이길 수 있다고 과시해 줬다.

치료는 서진이가 설명한 이야기의 흐름대로 진행되었다. 이미 고통을 알고 있는 듯한 긴장과 곧 시작될 고통의 시간을 기다리며 벌벌 떠는 아이의 심리가 그대로 전달되어 왔다. 의료기에서 나오는 매우 차가운 기체가 어린아이의 발에 뿌려졌다. 어느 시점에서는 비명을 지르며 고통스러워했다. 그러면서 외쳤다.

"아빠, 손잡아 줘!"

차 안에서 안내받았던 대로 나는 아이의 손을 잡아줬다. 그 와중에도 움직이지 않고 꿋꿋이 발을 대고 있는 아이가 대견했다. 역시 내 아들! 짧지만 깊은 고통의 시간이 지났다. 훌쩍이는 아이를 안고 직전의 태도에서 돌이켜 칭찬과 위로를 해줬다. 집으로 돌아오는 10분간의 시간, 차 안에서 나는 증인 자격으로 서진이의 무용담을 각색하여 해설해줬다. 창문을 바라보며 카시트에 앉아 있는 아이의 눈빛에는 영웅들에게서나 볼 수 있는 의미심장함이 느껴졌다. 호기롭고 늠름했다.

다음 날 아침까지 어제 있었던 전설과 같은 이야기는 계속되었다. 나는 그런 아이의 '자랑질'을 뒤로하고 출근 준비를 위해 방안으로 들어왔다. 옷장 문을 열었을 때였다. "악!" 옷장문이 그만 발톱을 찍었고, 동시에 나는 거의 본능적으로 바닥에 굴렀다. 무슨 이유인지 모르지만 소리는 지르지 못했다. 한참이 지나 안정을 찾고 살펴보니 내 발톱은 별일 없어 보였다. 그랬는데, 아침을 먹고 양말을 신으려는 순간 아연해졌다. 그새 발톱색이 바래 있었다. 발톱이 빠지기 직전 신호인 것 같았다. 아내는 이런 나를 보고 어서 병원에 가라고 했다.

아이의 치료 과정을 목격한 입장에서 병원행은 용기가 안 났다. 와중에 나의 발톱 사고를 알게 된 서진이의 무용담이 점점 거세졌다. 심지어 병원놀이를 가지고 와서는 나를 환자 취급을 하는 등 비아냥처럼 들리는 행동도 불사했다. 이 정도는 병원에 가면 금방 치료한다고 말하는 아이의 말투에서 하루 전 누군가가 느껴졌다. 그래도 난 웃으면서 병원을 거절했다. 설상가상, 그날 저녁에는 소파에 성한 발의 발가락마저 걸리고 말았다.

끝까지
이기적인
사람이었다

4개월이라는 시간 동안 원망, 그리고 신세 한탄과 희망이라는 두 마음 사이를 반복하며 지냈다. 그리고 여러 상황을 시뮬레이션하며 그날을 준비했다. 딸기가 수술실로 들어갔다. 8시간 30분의 긴 수술 시간이었다. 안절부절못하며 자리에 앉아 있을 수 없어 몇 차례 안고 일어서기를 반복했다. 부모품에 안겨 보지도 못한 작은 체구의 아이가 차가운 수술대에 누워있을 것을 생각하니 가슴이 저며왔다. 드라마에서 나오는 장면처럼 수없이 수술실 입구 앞을 서성였다. 애간장이 녹았다.

불현듯 떠오른 생각이 심장을 비집고 들어

왔다. 그리고 그 자리에서 주저앉고 말았다. 바닥에서 느껴지는 냉기가 나를 더욱 차갑고 떨리게 했다. 끝까지 이기적인 나를 다시 발견한 순간이었다. 아비로서 형편 없는 사람이다, 난. 잔인한 사람이다, 난. 처음 딸기 건강의 이상징후를 들었을 때, 나는 고통을 묵상했었다. 나에 대한 고통이었다. 이 시간들을 감당해야 할 스스로의 연민에 빠졌었던 것이다. 앞으로 헤쳐나가야 할 상황이 버거웠기 때문이다.

아픈 아이를 양육하고 있는 부모들을 바라보거나 매체를 통해 간접 경험해본 적이 있다. 때마다 상상했다. 나에게 일어나면 그 부모처럼 감당할 자신이 없었다. 그 괴로운 시간을 버티고 있는 분들을 볼 때면 자신의 모든 것을 잃어버린 그들의 처지를 안쓰럽게 생각했으며, 이후의 더 나은 삶을 찾기는 어려워 보였다.

　　　그때부터 소모될 체력, 소진될 재정, 소멸할 인생, 소실될 보편적인 미래…. 한순간에 다 잃어버렸다. 그것이 고통이었다. 아빠의 얼굴을 보지 못하고 만져보지도 못해서 그랬을까? 그런데 그 아이는 늘 내 옆에 있었다. 태중에 아주 가까이 있었다. 글을 쓰며 생각해보니 지금까지의 기도는 기적을 바랐다. 상황을 모면하고자 간절히 기도했었던 나다. 그런데 수술실 앞에선 그제야 아이에 대한 고통을 생각했다. 무너진 그곳에서 혐오스러운 나를 다 토해내고 싶었다. 역겨움이 가시지 않았다. 어떻게 그럴 수 있을까…. 나는 끝까지 이기적인 사람이었다.

엄마에게 전화가 걸려 왔다. 끝까지 타의적인 사람 앞에 가슴을 찢고 싶었다. 나는 평생 수술실 앞에서의 그날을 잊지 못할 것 같다.

서율이
에게

서율아, 아빠에게 능력이 있다면 서율이에게 '만족'
이란 경험을 하게 하고 싶어. 세상을 살다보니 만족
하지 못해서 벌어지는 못된 일들이 참 많더구나. 여
전히 나도 그것이 무엇인지도 모른 채 열심히 달리고
만 있으니 이 시간이 참 거칠고 힘겹단다. 오히려 누
군가는 만족이 교만함을 가져다줄 수 있다고 말하겠
지만 만족은 욕심을 이길 수 있는 큰 무기란다. 그러
나 조심해야 할 것은, 만족을 느끼지 못했는데 자신
을 채찍질하여 정신적 합리화를 하는 일로, 그건 오
히려 스스로를 망가뜨릴 수 있는 위험한 초래한다.
　　너무 골치 아프지? 만족은 무엇으로 가능할

까? 결국 그 과정에서는 욕심, 질투, 인내, 열정, 한계, 포기, 좌절이라는 감정이 뒤섞이는 일을 먼저 겪게 되겠지. 그런데도 분명한 것은 반드시 서율이에게 만족함이 찾아올 거란 거야. 너를 만드신 하나님 아버지가 누구도 줄 수 없는 만족을 아주 비밀스럽고 신비하게 선물하실 거야. 기대할 만해. 아빠도 아직 받기 전이지만 오늘도 그 날을 기다리고 있단다. 서율이에게는 그 시간이 아빠보다 더 빠르게 찾아오길 간절히 기도한다.

가슴을 볼 때마다 기억하렴. 많은 사람이 너를 위해 기도했다는 증거가 깊이 새겨졌으니…. 그리고 아빠의 손으로 그 흉터를 가릴 수 없을 때가 되면 이 글도 차곡차곡 읽어 나아갈 수 있겠지? 그날이 되면 진심 어린 아빠의 사과를 받아주면 좋겠다. 비록 흠이 되고 부끄러움이 될 수 있으나 하나님의 선하신 뜻이 너에게 이루어질 것을 믿는단다. 이토록 확신하는 이유는 서율이를 통해 우리 가정이 창조주 하나님을 경험하고 신뢰하게 되었기 때문이야. 그 이야기를 전할 수 있는 날을 생각하니 아빠는 마음이 들뜨고 흥분된다.

마지막으로 서율아, 아빠는 네게 고마운 마음을 전하고 싶어. 너를 통해 사랑을 알았거든. 너의 엄마를 통해서는 내가 사랑을 받을수 있는 사람이란 것을 알았고, 네 형을 통해서는 누군가를 진심으로 사랑할 수 있는 사람이라는 것을 알았지. 그리고 서율이를 통해서는 '하나님은 사랑'이라는 사실을 경험하게 되었어. 참 놀랍게도 방금 비밀스럽고 신비하게 주신 선물을 받았단다. 아빠는 오늘에서야 비로소 '만족'이란 은혜를 경험했어. 그래서인지 눈물이 멈추질 않는구나. 정말 감사하고 사랑한다. 서율아.

바람을 이기려면
함께
있어야 한다

오랫동안 아니, 그보다 더 깊은 세월을 함께해온 여사친에게 전화가 걸려왔다. 보통의 시간대와는 다른 시각, 통화 직전의 느낌이 이전과 달랐다. 우리는 시기에 따라 잔잔하고 거칠어지는 해풍을 맞고 자란 소나무 같다. 거센 바람이 불면 서로를 의지했고, 잔잔한 바람이 불면 자신에게 집중하며 살기에 바빴다. 그런데도 한결같이 그 자리에서 굳게 성장하는 친구를 바라보며 열등감에 몸서리칠 때가 있었다. 어쩌면 그 덕분에 나는 조금이라도 더 성장할 수 있었던 것 같다.(이런 방식과 과정이 모든 성장 과정에 도움을 준다고 믿는다면 그건 심각한 착각이다).

그 친구의 목소리를 듣기도 전에 이미 그 서러움이 느껴졌다. 분명, 마음이 아픈 것이다. 웬만하면 나에게 눈물을 보이는 친구가 아닌데(자의적으로는 처음인 것 같다), 참으려고 애쓰는 모습이 안 봐도 훤해서 가슴이 미어졌다. 우리는 함께 많은 시간을 공유하고 있어서 무엇으로부터 마음이 다쳤는지 나는 이미 알고 있었다. 그리고 더욱 본능적으로 알고 있었다. 위로가 필요한 게 아니라 친구가 필요한 것이다. 그러나 나는 정말 머저리같이 친구가 되어 주지 못했다.

20대에는 사탕 상자 안에서 서로의 것을 빼앗기 위해 다투었다. 정작 그 안에 사탕은 없었다. 30대에는 타임 세일을 앞둔 사람들처럼 치열한 경쟁을 벌였다. 시간이 지나갔는지도 모르고 말이다. 40대를 곧 시작하는 현재, 과거에 대한 연민과 미래를 향한 고민으로 서로에 대한 관심이 없어졌는지도 모르겠다.

다시 해풍이 불기 시작한다. 우리는 서로를 붙들고 이 시간을 또 한 번 이겨내야 한다. 바람을 이겨내는 것이 무엇보다 중요하다. 이번에는 각자 살아남기 위해서가 아니라 함께 살아내기 위해서이다.

물에 떠 있는
기름 같은 세월을
보내고 있다

불혹(不惑). 공자는 '어떤 미혹에도 흔들리지 않는 나이'라고 했던 나이다. 좋아하는 선배가 말했다. '어떤 것도 미혹할 수 없는 나이'라고. 공자의 말보다 선배의 말에 더 공감이 간다. 난 곧 불혹이다. 그래서인지 물에 떠 있는 기름 같은 세월을 보내고 있다. 어느 무리에도 어울리지 못해서다.(나이 문제는 아닌 것 같다).

　　　나는 형, 누나들을 참 좋아했다. 마냥 좋아하는 것을 넘어, 곁에 없으면 서러워질 만큼 나에게 필요한 존재들이었다. 그들의 시간이 서서히 다음을 향해 흐르고 있다. 이전처럼 이번에도 흐르는 물의 방향을 따라 유연하게 자신을 맡기게 된다. 너무나도 자연스러운 모습에 마음이 아려온다. 그러나 우리는 알고 있다. 하나님의 일하심 속에 있다는 걸. 그래서 이제는 누나, 형들에게 힘이 되는 사람이고 싶다. 그러나 그럴수록 그들을 점점 더 밀어내는 것처럼 느껴진다. 서로가 가볍게 웃으며 아니라고 하지만 시간은 깊어지고 있다.

내게는 기특한 동생들도 많다. 삶의 무게가 꽤 버거울 텐데도 잘 버티며 살아내고 있는 녀석들이 삼삼오오 모여 세상 재미있는 소리로 낄낄대며 대화를 하면 나는 계속 그곳을 향해 귀를 기울이게 된다. 용기 내어 살짝 그 자리에 들어서면 왠지 모르게 모두 진지해진다. 내가 던지는 한마디에 의미가 실리는 것 같다. (분위기를 망치고 싶은 마음은 정말 없었기에 미안하다).

　　가끔 좋아하는 마음을 동생들에게 표현하면 면담이라도 하는 듯한 분위기가 되고 엄숙해진다. 진정성이 잘 전달되지 않는 곳이 있다면 이 무리 같다. 그래도 나름대로 사랑을 준다. 과분할 정도로 잘 챙겨 준다. 그런데 여전히 나는 그들에게 매력적인 사람이 아닌 것 같다. 나를 필요로 할 때처럼, 나도 그들이 필요할 때가 있다는 걸 이해해 줬음 좋겠다.

새침해져서 또래 친구들에게 말을 건넨면 그들도 모두가 바쁘다. 가만히 앉아 이야기할 시간조차 없다. 어렵게 대화의 자리가 마련되면 잠시 멍하니 쉬는 게 최고의 힐링이다. 그러다가 어렵게 이야기가 시작되면 아이 자라는 이야기, 이사 계획, 재정 걱정 외에는 별것 없다. 누가 "저기요"라고 말하는 소리에 모두가 반갑게 뒤돌아볼 뿐이고, 하룻동안 간신히 문자 메시지 알림이 뜨면 스팸이다. 이것에도 즉각적으로 반응한다.

그런 우리를 바라보면…. 너나 나나 불혹이다. 우린 더는 무엇도 미혹할 수 없는 보통 사람이다. 어느 무리에도 어울릴 수 없고, 어느 누가 불러주지도 않고 어떤 곳에서도 어중간한 불혹. 마치 물에 떠 있는 기름처럼 그저 찝찝한 모습으로 살아가고 있다. 이러다 보면 반백이 찾아오겠지. 글을 마무리하려다 문득 떠오르는 생각. 나이의 문제가 아닐 지도 모르겠다. 더 심각한 고민에 빠진다.

슬기로운
캠핑생활

한동안 심한 두통과 근육경련으로 신경과 치료를 꾸준히 받은 적이 있다. 통증의 원인 중 하나는 스트레스였다. 담당 선생님께로부터 취미를 갖는 게 좋겠다는 처방을 받았다. 속으로 생각했다.

'현대인 중 스트레스가 없는 사람이 어디 있나, 대부분은 잘 견디며 사는데 나는 허약한 사람 같다.'

처방을 따르기 위해 취미의 종류를 고민했다. 운동은 좋아했지만, 한쪽 눈을 다치고부터 힘쓰는 것과 외부로부터의 충격을 보호하기 위해 운동을 기피하게 되었다. 그래서 찾은 대안이 게임이다. 다른 아빠들은 오랜 설득과 협상을 통해 산다던 비디오 게임을 나는 단 하루만에 살 수 있게 되었다. 스스로의 기준으로 본다면 오랜 시간 게임을 했지만, 역시 나는 게임에 그렇게 흥미를 느끼지 못했다.

최근 가까운 동생이 캠핑을 시작했는데, 아니나 다를까, 캠핑에 대한 극찬을 아끼지 않으며 내게도 지속적인 권유를 해왔다. 그러나 나는 내 성격이 캠핑에 적합하지 않다고 생각했다. 이유를 말하자면 내게 있는 약간의 결벽증 때문이다. 만약 캠핑 장비에 흙과 먼지가 묻는다면 나는 그것을 하나하나 일일이 닦아 내고 있을 것이다.

　　　　그리고 어설프게 시작하는 것을 싫어한다. 그러기에 캠핑의 종류와 장비를 조목조목 공부하며 그것에 집착할 것이 분명하다. 캠핑은 집과 다르게 조금 더러워지고 산만한 가운데서도 쉼을 누려야 하는데, 내 성격상 나와 가족들을 오히려 더욱 힘들게 할지 모른다.

두둥! 캠핑을 시작한지 1년, 바쁜 일정을 보내고 오랜만에 캠핑을 했다. 역시나 모든 장비를 하나씩 꺼내놓고 섬세하게 정비하고 있다. 이전 캠핑에서 닦이지 않았던 먼지 묻은 물건들을 하나하나 청소했다. 점심밥을 먹어야 해서 고기를 굽는데 기름 하나 튀는 것도 어디로 튀었는지 보고 있다. 살림 정리가 끝나고 어느덧 조명을 설치할 시간, '갬성'은 아니지만 적어도 캠핑의 느낌이 연출될 수 있도록 차근차근 조명을 설치했다. 캠핑하면 불멍이 아닌가. 큰맘 먹고 구입한 화롯대에 장작을 넣고 불을 피웠다. 혹시 불씨가 옷이나 텐트에 떨어지지 않을까 한 톨 한 톨을 바라봤다.

이제 제법 밤이 깊었다. 아이를 목욕시키기 위해 목욕 용품을 챙겼다. 대략 30분이 소요되었다. 새벽이슬에 젖을까봐 밖에 있는 장비를 다시 안으로 옮기고, 서진이의 모래 장난감을 청소솔로 닦았다. 그렇게 하루가 지났다.

어떠하든 나는 캠핑이 너무 좋다. 캠핑까지 가서 유

난이라고 말하는 사람도 있지만 이렇게 몸을 정신없이 쓰다 보면 스트레스가 날아간다. 그런 나를 보면서 아내도 안도의 한숨을 내쉰다. 특히, 깊은 밤과 새벽 경계선에 놓인 시간에 아내와 도란도란 이야기를 나누면 너무 행복하다. 지금도 대화를 하며 노트북으로 캠핑카를 검색하고 있다가 아내에게 혼이 났다. 그렇게 우리의 취미는 반복되고 있다.

하면 된다?

왠지 모를 선입견과 안전의 문제 때문에 예전부터 꼭 한 번 해보고 싶었지만 섣불리 도전하지 못한 취미가 하나 있다. 그러다가 최근 만나 교제하게 된 분과의 대화 속에서 내면 깊숙이 있는 그 욕망이 다시 자극받기 시작했다.

"목사에게 추천할 취미는 두 가지야."로 포문을 연 그 분은 "하나는 커피이고 또 다른 하나는 모터사이클이지."라며 급기야 나에게 강력히 권유를 해오셨다. 그도 그럴 것이 그 말을 듣는 순간 내 안에 주체할 수 없는 열정이 불타오르기 시작했고, 그 모습이 내 표정을 통해 여과 없이 드러났기 때문이다.

퇴근하고 집에 돌아와 조심스레 아내에게 말을 했다. 그날 아내의 눈에서 엄마의 눈빛을 보았다. 즉시 나는 어린아이가 되었다.(그날은 아들 서진이가 나보다 어른 같았다). 체질적으로 어떤 일에 열정이 생기기까지 꽤 오래 걸리는 편이다. 그러나 불이 붙으면 그때부터는 멈추기 어려울 정도로 깊이 빠져든다. 가족과 저녁을 먹으면서 또 한번 은근슬쩍 아내에게 허락을 요청했다. 밥상에서 아내는 강력한 눈빛으로 제압했다. 마음이 아픈데 할 말이 없었다. 잠을 이루지 못해 논문을 쓰는 척 서재에 들어가 한 시간 정도 바이크를 타고 있을 나의 미래를 상상하며 라이딩에 관한 브이로그와 제품 실사용기에 대한 영상을 찾아다녔다.

아무리 생각해도 아내를 설득할 방법이 없었다. 누구에게도 말하지 못하고 끙끙대다가 다음 날을 맞았다. 온라인 목요예배 설교를 위해 사무실에서 녹화 촬영이 있는 날이었다. Covid-19로 오랜만에 설교자 목사님 중 한 분을 만났다. 촬영 이후 잠시 서로의 근황과 삶을 나누었다. 늘 아름다운 모습으로 사역을 이어가시는 좋은 분이다. 대화가 무르익은 시점에서 목사님이 수줍어하시며 해맑은 웃음으로 '인생을 변화시킨 두 번째 사건이 일어났다'는 말을 건네셨다. 그분의 묘한 표정이 너무 재미있었다.

도대체 뭐지? 서진이와 같은 표정의 얼굴을 하고서 다음 말을 기다리는 내게 목사님이 사진 한 장을 보여주셨다. 멋진 바이크 옆에 서 계신 당신이었다. 모터사이클을 3개월 전부터 시작하셨다는 것이다. 온몸에 전율이 흘렀다. 마치 산토리니 카페 테라스에 앉아 탄산수 한 잔을 마시며 청량한 바람을 쐬고 있는 듯했다.

그날 나는 굳은 마음을 가지고 퇴근을 했다. 저녁을 먹으며 자연스럽고 부드러운 대화를 진행했다. 그러나 맞이한 건 영화나 드라마로 치면 '블랙아웃!'의 상황. 다음 날 아침, 나는 네 발 달린 무식한 기계를 타고 출근했다.

매일 매일

반복되는 갈등 속에 하루하루

선택이란 갈림길에 치열하게

살아가는 우리들의 시간 속에

매일 같이

사랑이란 이름으로 하루 종일

동행하며 영원으로 이끄시는

진실하신 아름다움 노래하리

주의 얼굴을 구하는 이 자리

반가운 주의 음성으로

가물어 메마른 우리의 목마름을 채우고

주의 나라를 구하는 이곳은

영원한 주의 약속으로

우리의 마음 우리의 몸이 기뻐합니다

치열하게 갈등해야 할 순간이 찾아오지만

자기 생각과 뜻을 절연히 잘라버리고

선명한 하나님의 뜻을 선택하는 것이

영성이다. _p121

2장

나와 어노인팅

유독 현장감이
많이 느껴지는
찬양들이 있었다

스무 살 여린 꽃봉오리 같은 나이에 작지도 크지도
않은 시골교회에서 전도사로 사역을 했었다. 본캐는
찬양인도(실은 찬양인도의 경험이 많지 않았다. 아
는 형이 갑자기 불러 목사님과 면담 후 합격했다), 부
캐는 초등부, 중등부, 고등부, 청년부, 장년 구역 담
당, 다행히도 1종 면허가 없어 차량 운전은 면했다.
그 시절을 생각하니 머릿속 상상력과 함께 모든 감각
이 되살아나는 것 같다. 참 아름다운 사람들의 교회
였다.

　　　당시 난 본캐에 충실하기 위해 각종 찬양
CD와 MP3를 수집했고 찬양 인도를 위해 많은 인도

자를 흉내냈다. 올네이션스, 예수전도단, 디사이플스 등등. 미안하지만 그 리스트에 어노인팅은 없었다. 실은 그런 팀이 있는지도 몰랐었다. 스물한 살이 되던 해 어느 날, 목사님과 성도님들의 권면이 있었다.

"서울에서 찬양 인도를 배워오면 좀 더 훌륭한 사역이 가능할 것이다."

'나의 찬양인도가 좀 괜찮나?' 당시 나는 그 말을 이렇게 해석했다. 은근히 힘이 들어가는 모습이 있었던 것 같다. 그리 오랜 시간이 지나지 않아 본능적으로 알게 되었다. 목사님과 성도들은 열정을 조금 가라앉히고 차분하고 정돈된 찬양인도를 원하셨다는 것을. 당시 나는 부흥사들의 우렁차고 호소력 짙은 목소리와 찬양을 동경했고 제법 시늉도 잘냈다. 크게 잘못되거나 창피할 일은 아니지만, 글을 쓰는 이 순간 어디론가 숨고 싶어진다. 이제야 더욱 선명해진다. 왜 그분들이 적극적으로 보내셨는지….

그렇게 찬양인도 교육을 받으러 나는 서울을 왕래했다. 그리고 당시에는 서울에만 있었던 보컬학원에 등록을 했다. 그렇게 찬양인도 교육을 받게 되었는데, 그곳은 <다리놓는사람들>의 '예배인도자학교'였다. 다시 생각해 보아도 정말 유익한 시간이었다. 하나님에 대하여, 예배에 대해서, 사역을 향해서 새로운 시야를 갖게 되었고 신선한 경험을 하게 되었다. 무엇보다 내가 사랑하는 어노인팅을 만나게 되었다.

매주가 즐거웠다. 시간이 지나 수료 날짜가 점점 다가오고 있었다. 그즈음, 광고 시간에 '어노인팅 워십 투어'를 위한 멤버를 모집한다는 소식을 들었다. 정말이지 그때는 많은 걸 몰랐다. 어노인팅도 모르고, 워십도 모르고, 투어도 뭔지 몰랐다. 그런 나에게 옆에 계신 분이 한마디로 요약해줬다.

"몇 달 동안 예배하고 찬양하면서 전국을 다니는 거야."

순간 나의 머릿속에서는 중창단이 떠올랐다. 중창단을 구성해서 전국을 다니며 찬양하는 것으로 착각을 한 거다. 아마도 컨티네탈 싱어즈를 생각했던 것 같다. 그럴 만도 했던 게 테너를 모집한다는 것 때문이었다. 당시 나에게 테너의 이미지는 중창이나 합창밖에 떠올릴 수 없었다.

부푼 가슴을 안고 집으로 돌아와 늦은 밤 홈페이지에 들어갔다. 2004년 시골에서 인터넷과 홈페이지를 접속한다는 건 쉬운 일이 아니었다. 간신히 접속하여 확인한 정보는 그야말로 충격이었다. 첫째, 어노인팅이 밴드라는 것. 정말 몰랐던 사실이다. 더불어 예배인도자 학교에서 찬양인도를 맡은 사람들이 그들이라고는 생각하지 못했다.(이유는 생략) 둘째, 매번 닳고 닳도록 들은 MP3에 담긴 찬양 중 대부분이 어노인팅의 곡이었다는 것. 당시에는 실황을 녹음한 음반이 많이 없었다. 그런데 유독 현장감이 많이 느껴지는 찬양들이 있었는데, 그 주인공이 바로 어노인팅이었다. 셋째, 밴드로 구성된 찬양팀에 테너가 있다는 것. 여태껏 밴드하면 메인 보컬만 생각했던 내게 소프라노, 알토, 테너로 구성된 싱어 팀이 있다는 것은 충격이었다. 지금은 자연스러운 일이지만 당시 나에게는 매우 신선했다. 넷째, 7주 동안 훈련을 받는 프로그램이라는 것. 훈련기간과 합숙 기간 그리고 전국 일주가 포함된 일정이었다. 다섯째, 돈을 낸다는 것. 여섯째, 오디션이 있다는 것. 악보 없이 카피를 해야 하는 오디션이라니…. 아무튼 난 그 오디션을 준비하게 되었다. 남은 시간은 단 3주! 결단 해야 할 많은 일들이 있었다. 교회와 학업, 연애(?) 등등.

어노인팅 사람들의
대부분은
내향성이다

'어노인팅 워십 투어'에 대한 내용을 확인하고 어디
서 나온 자신감인지 모르겠지만 오디션에 지원을 했
다. 지원일로부터 오디션까지는 3주 정도가 남아 있
었다. 지정곡을 연습하기 위해 기독교 백화점에서 어
노인팅 CD를 세 장 샀다. 들뜬 마음으로 집에 돌아가
케이스를 열어보니 그중에 하나는 CD가 들어있지
않았다. 당황했지만 곧 있을 수료식에 참석할 겸 직
접 어노인팅 사무실을 방문해서 앨범을 교환하기로
했다.

　　　　당시 방문한 어노인팅 사무실의 이미지는
아직도 잊을 수가 없다. 건물 지하실 한쪽에 자리 잡

고 있었는데, 그나마 그곳도 두 개 정도의 철물을 통과해 들어가서야 다다를 수 있었다. 마치 누아르 영화에서 나오는 것처럼 매우 칙칙한 분위기였다. CD를 교환해주는 모습은 더 충격적이었다. 한쪽 선반에 겹겹이 쌓아놓은 CD(알판) 하나를 꺼내어 내가 가져온 케이스에 그대로 넣어 주었다.(그분은 나와 동명이며, 이후에 나는 그 분의 가족과 함께 살게 되었다. 진심으로 감사하다). 사무실에는 몇 사람이 모여 있었는데 일을 하는 건지 수다를 떠는 건지 모르겠고, 시끌벅적하게 무언가를 하고 있었다. 어노인팅에서 사역하고서야 그 상황을 이해할 수 있었는데, 어노인팅은 지금까지도 정규 앨범 포장을 수작업으로 하고 있다. 그러다 보니 개중에는 실수가 늘 생긴다. 요즘도 아주 가끔 앨범을 교환하러 찾아오는 분들이 계시는데 그때 생각이 떠오른다.

또 하나, 어노인팅 사무실은 매우 혼잡하다. 분명, 어노인팅 사람들의 대부분은 내향성이다. 그런데 사무실에만 모이면 시끌벅적해진다. 일을 하는지, 대화를 하는지 처음 보는 사람들은 구분하기 어려울 정도다. 분명한 것은 대화를 하다가 사역으로 발전하고 사역을 하다가 서로를 돌보게 된다. 참 신기하다. 그때나 지금이나 한결같다. 팀 내력인가 보다.

앨범을 교환하고 얼마 지나지 않아 오디션 날이 되었다. 그 떨림은 누구나 공감할 수 있을 것이다. 나는 지정된 시간에 오디션 장소로 찾아갔다. 물 한잔을 마시고 들어간 곳은 300석 정도 되는 예배당이었다. 오디션 방식은 지정된 곡과 자유곡을 노래하고 이후 면담이 진행되었다. 친절한 간사님이 먼저 인사해주셨다.(그분과는 현재, 친누나와 친동생 같은 친밀감으로 함께 지내고 있다. 가끔 내게 일침을 놓는 인물이며, 끔찍이 나를 아껴주시는 분이다). 덕분에 마음이 조금 놓였다. 그리고 무대에 올라가 보니 심사자로 추측되는 3,4명의 사람이 보였다. 아직도 그때의 긴장감과 현장모습이 생생하다.

　　　　한 명은 저 멀리에서 뜨개질을 하고 있었고, 또 한 명은 팔짱을 끼고 나를 노려보는 것 같았다. 또 한 명은 살짝살짝 졸고 있었다.(초창기 어노인팅은 매우 허술했다. 뭐 지금도 그런 것 같다). 어찌 되었건 나는 안내에 따라 지정곡을 부르기 시작했다. 떨리는 목소리로 한마디 한마디 노래가 진행되었고 드디어 테너음을 불러야 할 시점이 왔다. 그동안 최선을 다해 연습한 부분을 부르기 시작했다. 실눈을 감으며 또박또박 테너를 불렀다. 살짝살짝 보이는 심사자들의 표정에서 아무것도 느끼지 못했지만 '무사히 마쳤다'며 안도의 한숨을 쉬고 준비된 자유곡을 부르려 하는 순간이었다. 가장 친절한 간사님께서 물어보셨다. "혹시, 알토를 카피하신 건가요?" 질문에 너무 당황한 나는 바로 "네!", "아니요", "모르겠어요"를 반복하며 어리둥절한 상태로 서 있었다. 그런 모습이 안쓰러웠는지 피아노에 살며시 앉으며 찬양곡 하나를 낮은 조부터 차곡차곡 높여가면 테너로서 가능한 음역대를 확인해 줬다. 그 반주에 맞춰 적어도 세 번 이상은 불렀으며 조 옮김을 세 번 정도 한 것 같다. 땀을 한바가지 흘렸던 기억이 생생하다.

이제는 면접 시간. 앞에 앉아 계신 세 분의 모습은 그대로였다. 친절한 분, 냉랭한 분, 졸고 계신 분. 면담 내용은 생각이 안 난다. 질문에 나름 잘 대답한 것과 즉흥적으로 보여준 악보를 초견해 보는 테스트 정도가 기억난다. 초견은 아주 잘했다. 그러나 오디션을 보고 발걸음을 버스터미널로 옮기며 떨어졌다는 것을 확신했다.

나는 합격했다. 며칠 뒤 전화 한통이 왔다. 합격이었다. 정말 합격을 한 거다. 그 때는 몰랐다. 지원자 모두가 합격했다는 사실을….

예배는
용납에서
시작되었다
_예배인도의 흑역사

어노인팅에서 인도자 역할을 부여받은 지 10년이 훌쩍 넘은 것 같다. 20대 중반부터 종종 인도를 맡았으니 꽤 오랜 시간이 흘렀다. 더불어 최근 들어 집회에 참석하거나 앨범을 통해 사역을 접하신 분들의 격려도 자주 받게 된다. 그럴 때면 마음이 상기되는 건 어쩔 수 없다. 감사하고 기쁜 걸 어쩌겠나…. 예전에는 그 마음을 숨기기 위해 "제가 한 건 없습니다. 하나님이 하신 겁니다"라고 답했다. 정답 같지만, 왠지 솔직하지 못한 부분이 있어서 힘들었다.

요즘은 "저도 행복하게 예배했습니다"라고

답하곤 한다. 이유를 묻는다면, 예배인도자는 회중보다 특별함을 갖춘 사람이 아니라고 생각해서다. 구별된 능력으로 성도들을 이끌어가는 사람은 더더욱 아니다. 오히려 회중과 함께 하나님을 높이고 즐거워하며, 세상을 저항하며 살아가는 사람이다. 함께하는 회중들을 격려하고, 한마음으로 주님을 찬양하며 이끌어가는 사람 정도랄까, 공동체가 예배할 수 있도록 돕는 역할을 맡은 자다.

굳이 인도자에게 요구되는 탁월함이 하나 있다면, 세상 가운데 치열함 속에서도 하나님을 예배하고자 하는 사람들의 고백을 돕는 일이겠다. 예배는 개개인의 선택이며 인도자는 그저 그 선택을 위해 모인 사람들의 찬양을 한마음으로 모으는 역할을 감당하면 된다. 대단한 정리는 아니지만, 그간의 세월 속에서 자연스레 훈련된 나만의 예배인도자에 대한 정의다. 특히 과거의 흑역사는 나를 예배인도자로서 더욱 성숙시켰다.

어노인팅은 <어노인팅 워십 투어>라는 훈련 프로그

램이 있다. 몇 차례 예배인도자를 맡았었는데, 통영 집회에 초청받아 갔을 때의 일이다. 예배하기 위해 찾아오신 분들도 많았고 현장을 중계하기 위해 기독교 방송국도 참여했다. 예배가 시작되고 한창 고백이 깊어질 때쯤, 나는 더욱 열정 있는 기도를 하기 위해서 멘트를 했다. 머릿속으로는 '하나님이 통영의 주인이시며, 이 땅을 다스리신다' 라는 멘트를 준비하고 있었다. 그런데 벅찬 감동과 열정으로 흥분한 나머지 그만….

"통영은 하나님의 주인이십니다! 통영이 하나님을 다스리십니다. 여러분들 또한 통영의 것입니다!"

아뿔싸, 말을 뱉고 나서야 정신이 들었다. 머릿속이 하얘졌다. 그런데 많은 회중이 그 말에 크게 "아멘!" 하는 것이 아닌가. 그날의 예배 실황은 시종 방송으로 녹화되었다.

그 사건을 통해 몇 가지를 깨달았다. 첫째는 인도자의 오류가 회중을 잘못 인도할 수 있다는 것.

대부분 회중은 인도자를 신뢰한다. 그러기에 인도자의 선곡과 멘트에 아무 의심 없이 따르며 제창에 동의한다. 둘째, 은혜를 통한 감격과 감동은 유익하지만, 인도자가 흥분하면 부적합한 상황이 펼쳐질 여지가 많아진다는 것이다.

몇 해 동안 국방부에 속한 선교팀, 헤븐보이스에서 사역한 적이 있다. 나의 소중한 추억이자 자산이 된 시간이다. 그 기간 나는 전국 훈련소를 방문하며 예배 사역을 통해 복음을 전하는 사역을 했다. 첫 사역부터 순조롭지 않았지만 이내 잘 적응했고 그 사역만의 특수함을 파악하여 나름 효과적인 사역방식을 개척했었다. 평가도 좋았다. 그러나 그곳에서도 흑역사는 있었다. 훈련소 중 가장 규모가 큰 곳을 방문한 날이었다. 수천 명의 훈련병들이 모여 예배를 하게 되었는데, 사실 그곳은 신자들과 비신자들을 구분할 수 없는 곳이었다. 예비 군목조차 구분하기가 어려웠다.(그곳의 훈련병들은 상상 이상의 희귀한 행동을 단체로 한다). 이런 환경에서도 나름의 노하우와 논리가 있었는데, 유독 그날은 분위기가 잡히지 않았다. 속으로 궁리궁리 하다가 환기가 필요한 시점에서 멘트를 생각했다. '여러분들의 마음을 이해하고 싶고, 여러분에게 무례한 종교적 강요를 하고 싶지 않습니다'였다. 그런데 좀 더 진심 어린 마음을 전하고 싶은 나머지 엉뚱한 말이 나오고 말았다.

"전 군대를 면제받아 여러분들의 마음을 헤아리기 어렵습니다. 그러나 여러분들과 진솔하게 함께 찬양하며 하나님에 대해 알아가고 싶습니다!"

말이 끝남과 동시에 수천 발의 수류탄을 맞았다. 멤버들 표정에서 오늘 사역은 이렇게 끝났음을 느낄 수 있었다. 그날 이후 난 또 깨달았다. 인도자가 회중을 고려하지 못하면 예리한 논리로 무장한 진리가 무례함이 될 수 있다. 회중을 살피지 못하고 그저 자신의 경험과 예배 열정만을 적용하면 그것은 오히려 예배 안에 초청된 회중을 배척하는 태도로 변질될 수 있다.

어노인팅 초청 집회에서 처음으로 인도를 맡았을 때였다. 수도권과 거리가 멀리 떨어진 곳이었는데 오랜 이동 시간 덕분에 멤버들과 대화의 시간이 많아 이래저래 유쾌하고 유익한 시간을 보냈다. 긴장하고 있는 나를 위해서 멤버들이 앞다퉈 재미있는 이야기들을 쏟아냈다. 그러던 중 콘티에 수록된 곡이 이슈가 되었다. 당시 많은 교회에서 사랑받고 있던 곡이었다.

그런데 멤버들은 그 곡이 대중가요와 매우 비슷하다며 두 노래를 이어 불러가며 웃음을 자아냈다. 덩달아 나 또한 그 노래를 따라 부르며 우스갯소리로 "이러다 예배에서 부르면 정말 큰일이에요!"라고 말했다. 눈치챘겠지만 실제로 부르고 말았다. 회중과 합심하여 기도하는 시간이 마무리될 때 즘 이슈가 되었던 곡의 벌스를 잔잔히 불렀다.

그런데 그만 후렴이 자연스럽게 문제의 대중가요로 흘러간 것이다. 생각나는 두 멜로디 중 어떤 것이 올바른 멜로디인지 헷갈려 하다가 저지른 실수다. 그나마 가사는 기존 예배곡을 따라갔다. 멜로디와 화성만 대중가요를 따라갔다. 설상가상, 싱어들까지도 함께 실수에 동참할 줄은 몰랐다. 눈앞에 회중들은 뭔가 이상함을 느끼는 눈치였다. 반복해서 벌스를 부르기 시작했고 두 번째 후렴(고비)이 찾아왔다. 그때 센스 있는 건반 연주자가 기존 곡의 멜로디를 하나씩 또박또박 연주해 주었다. 위기를 간신히 넘긴 것이다.

유독 하나님을 예배하고자 하는 마음이 강해서 벌어진 사고도 있었다. 시작부터 뜨거움이 가득했고, 워밍업 없이 바로 거친 운동을 시작할 수 있는 상태처럼 하나님을 깊이 예배할 수 있던 날이었다. 어쩌면 인도자 자신이 회중보다 먼저 예배하는 가장 이상적인 상황을 맞이하게 된 것이다. 겉으로 드러나지 않았지만, 은혜로 인한 감사의 눈물을 삼키고 있었다. 회중 또한 하나님과 깊은 사귐 속에서 은혜를 경험하고 있다는 것을 확신했었다. 그래서 더욱 열정적인 찬양과 기도를 이어갔다.

　　어느 정도의 시간이 지나고 자연스럽게 잔잔한 상황이 되어 잠시 숨을 돌리기 위해 연주와 함께 준비한 성경 구절을 읽었다. 낭독을 마칠 때쯤 회중의 표정을 보는데 많이 지쳐 보였다. 행사를 관람하고 있는 모습처럼 보였다. 하지만 나는 그들과 상관없이 깊은 예배에 빠져 있었다. 그러고 보니 예배 장소, 사물의 배치, 회중들의 모습 등등 많은 것들이 낯설었다. 회중과 분리된 채 인도자 혼자 예배 상황에 흠뻑 빠져 인지와 인식을 상실해 버린 것이다. 그날의 경험을 교훈삼아 나는 이후로 그리스도와 회중의 관계성, 회중과 예배팀의 관계성, 공동체적인 예배에 대해 더 깊이 있게 고민하게 되었다.

27살 무렵까지 어노인팅의 차세대 예배인도자로서 부푼 꿈을 안고 있었던 나는, 어노인팅에 부합하기 위해 선배들을 연구하며 좋은 예배인도자가 되려고 노력했다. 심지어 몇 년간은 어노인팅 집회 사역을 도맡아 인도했다. 때마다 '선배들은 이 상황에서 어떻게 인도했을까?'를 고민하며 탁월한 인도자가 되기 위해 혼신의 힘을 다했다. 그러나 유독 앨범에 참여할 기회가 없었다. 해를 거듭할수록 기대와는 다르게 여전히 때가 찾아오지 않았다. 마침 앨범사역을 담당하는 간사님과 대화할 시간이 찾아왔다. 은근슬쩍 앨범 참여에 관해서 물어봤다. 그분은 표정 하나 바뀌지 않고 대답했다.

"나는 너를 앨범에 참여시킬 마음이 전혀 없어!"

그 말에 나는 얼굴이 붉어질 정도로 당황했다. 그 뒤를 이어 들은 말은 더 충격이었다.

"넌, 너무 어노인팅 같아."

나야말로 너무 황당한 말을 듣고 내 청력을 의심했다. 내가 지금 무슨 말을 들은 것인가? 그동안 어노인팅에 부합하기 위해서 많은 걸 연구하고 습득하였는데 어노인팅 같아서 앨범 사역에는 참여할 수 없다니…. 그 동안의 노력에 대한 평가를 듣는 것 같아서 모든 걸 다 잃어버린 느낌이 들었다. 그런데 억울하거나 분하지 않았다. 맞는 말이었다. 그리고 난 슬럼

프에 빠졌다.

이후 인도자의 역할은 지속됐다. 매주 토요일 사역을 나가야 했고, 어노인팅의 대부분 사역에서 인도를 맡았다. 오랜 시간, 그리고 오늘까지 여전히 난 간간히 흑역사를 써내려 간다. 그러나 분명한 소신은 이렇다. 좋은 예배인도자는 경험을 통해 만들어진다는 것이다. 좋은 경험, 부끄러운 경험, 이불킥을 할 정도의 흑역사와 다양한 경험이 인도자를 성숙시킨다고 믿는다. 한국교회는 좋은 예배인도자를 원한다. 그리고 찾고 있다. 그런데 좀처럼 만나기 어렵다. 그 이유는 기다림이 없기 때문이다. 어느 정도 성숙해진 인도자들은 매우 한정적이다. 그들도 수많은 경험을 통과하며 성장하였다. 실수를 용납하지 못한다면 절대 교회 안에서는 좋은 예배인도자가 양성될 수 없다. 예배는 용납에서 시작되었다.

사역의 형태가
변하니 역할은
중요하지 않게 되었다

나에게 주어진 어노인팅 대표 임기는 5년이다. 2018년 2년의 임기를 가지고 시작되었고 2020년 재신임으로 3년의 임기 동안 역할을 맡았다. 임명받은 과정에서도, 재신임을 받은 상황에서도 어리둥절했다. 그러나 곧 끝이 보인다. 사역 단체의 대표가 되면 개인에게 유익이 되는 것은 그리 많지 않다. 권위도 명예도 재정도 바뀌는 게 없다. 특히 어노인팅은 좀 더 심하다. 일만 많아진다. 보이는 모든 일에 책임을 져야 한다.(자신의 것도 책임지기 어려운데 말이다).

2022년 어노인팅은 22년 차에 들어섰다. 여

느 단체와 다르지 않게 크고 작은 일이 무성했다. 그 중에 가장 큰 일을 꼽는다면 '조직에서 공동체로의 변화'라고 말할 것이다. 정말 쉽지 않았다. 당시에는 대표 역할을 맡지 않았지만, 팀의 변화가 나의 삶까지도 흔들어 놓았다. 특히 이때 '변화보다 포기가 빠르겠다'라는 생각을 자주 했다. 그러나 어노인팅이 했던 그 어느 사역보다 가장 값진 건, 우리를 공동체로 변화시키는 일이었다. 덕분에 지금은 이전보다 함께 있는 것과 함께 사역하는 것이 비교할 수 없을 정도로 행복하다. 어쩌면 이전의 어노인팅만을 경험하고 사역을 내려놓았으면 지금의 나는 매우 불행한 사역을 하고 있을지 모르겠다.(정확히 말하면 불행하게 사역하면서도 그것이 불행한 줄 모르고 사역을 했을 것이다). 공동체가 전해주는 그리스도와의 연합은 이 세상에서 신앙인으로 살아가는 한 사람인 나에게 큰 힘이 되어 준다.

조직에서 공동체로의 변화는 대표의 역할에도 많은 변화를 주었다. 대표직을 맡으면서 많이 의지한 사람이 있다면 아마도 박기범 간사님일 것이다. 박 간사님은 어노인팅을 조직으로 창립하여 공동체로 변화시킨 핵심인물이다. 간사님과의 대화에서 나는 자주 좋은 인사이트를 얻는다. 하루는 간사님과 현재 어노인팅의 대표의 역할과 중요성을 함께 고민한 적이 있었다. 그날의 대화는 나의 사역과 삶의 방향성을 바꾸어 놓았다. 한동안 깊은 고민에 빠졌다. 거부할 명목을 찾았는지도 모르겠고, 무엇보다 하나님의 적극적인 관여가 선명히 느껴졌기 때문이다. 이전에도 이렇게 일하시는 하나님을 경험한 적이 있는데 그때도 끝내 빠져나갈 명목을 찾지 못했다. 숙명이기 때문이라 생각했다. 결국 그 분이 이끄시는 대로 자연스럽게 흘러갔다. 나의 사역의 형태가 변화 되었다. 그러면서 예배 인도자로서의 역할은 그리 중요하지 않게 되었다.

사랑하는 어노인팅 공동체는 하나님과 예배자들을 섬기기 위해 기꺼이 헌신하고 있다. 난 그 속에서 대표의 역할을 맡고 있다. 가장 중요한 역할은 우리 어노인팅 식구 한 사람 한 사람을 위해 사역하시는 하나님을 돕는 것이다. 그분의 관심은 우리의 사역보다는 우리 개개인에게 더욱 집중되어 있다. 22년이라는 사역의 기록과 함께 발매된 38장의 앨범보다, 그 시간들 속에서 함께 하나님을 예배한 사람들에게 관심을 기울이시고 그들을 지금까지 살피시는 것처럼, 하나님에게는 사역보다 사람이 중요하다.

나의 역할은 열정을 가지고 사역을 감당하는 우리 멤버들을 기꺼이 섬기는 일이다. 멤버들이 나의 사역 대상인 셈이다. 그러나 아직도 무엇을 해야 그 역할을 잘 수행하는 것인지 방법을 찾기 힘들 때가 많다. 그러다보니 마음, 생각, 행동 등 이 모든 것들이 어색하다. 행동 지침을 따를 모델을 찾아 흉내를 내고 있는 것 같다. 실수도 많다. 이런 나의 모자람이 멤버들의 사역과 마음을 어렵게 하는 것 같은데, 그런데도 하나님은 요구하신다. 이들을 위해 삶의 방향을 맞추어 가는 것이 나를 부르신 이유라는 것을 이제는 잘 안다. 그런데 내가 그렇게 살 수 있을까? 이런 고민 끝에 알게 됐다. 하나님은 이 사역보다 나에게 더욱 관심을 두고 계시다는 것을.

글이 감정전달을
다 못할 때 곡에
담는 것이 노래다

그동안 가진 재능에 비해 곡을 많이 쓴 것 같다. 그래
서인지 일산에 있는 교회 찬양팀이 함께 예배곡을 만
들기 위한 조언이 필요하다며 강의 요청을 해왔다.
한 번도 해본 적 없는 강의였다. 강사 소개에 적힌 '작
곡자'라는 호칭도 너무 어색했다.

종종 작곡에 대한 질문을 받는다. 작사하는
방식과 작곡하는 방식을 물으며 영감은 어떻게 받는
지 등의 질문이 주다. 이렇게 전문 작곡가들에게나
어울릴 법한 질문을 받을 때면 자리를 빨리 피하고
싶다. 특히, 작곡한 특정 곡들의 공식들을 소개해 달
라는 부탁을 들으면 너무 부끄럽고 창피하다. 대부분

필요에 의해서 작곡되었고 그 과정이 그리 순조롭지 않을 때가 많았다. 훌륭한 예술가들처럼 드라마틱한 과정이 없어서 그런지 여전히 질문이 두렵다.

2019년 어노인팅은 <정규 13집>을 준비했다. 이 앨범은 다른 앨범에 비해 시작부터 어려움이 많았다. 어노인팅 정규 앨범은 앨범마다 특별한 주제를 선정하는데 그때 주제는 좀 난해했다. 그리고 주제에 따른 곡을 찾는 것조차 순조롭지 않았다. 결국, 곡을 쓰기 위해 담당 인도자를 포함한 네 명(당시)의 인도자가 모였고 정해진 기간 내에 각자가 곡을 만들어 와 선정하기로 했다.

몇 주가 흘러 예정일이 다가왔다. 나는 여섯 곡을 만들었다. 뿌듯했다. 모임 전, 한 곡 한 곡 살펴보았다. 완성은 아니지만, 마음에 들었다. 그리고 무엇보다 꽤 많은 곡을 가지고 온 것이 자랑스러웠다. 옆에 앉아 있는 이번 앨범의 인도자인 병찬이 형의 곡을 들여다보았다. 달랑 한 곡, 심지어 아직 미완성이었다. 가사는 너무 단조로웠다. 그런데 형의 표정에 수심이 가득했다. 12집 인도자로서 그 심정을 누구보다 더 잘 알기에 위로를 건넸다.

그러길 몇 분이 지나 은주가 사무실에 들어왔다. 무슨 날이냐고 질문했다. 그말에 나는 호탕하게 웃어줬다. 예정일을 착각한 은주가 당황하며 기타를 들고 녹음실로 들어갔다. 이 상황을 한껏 즐기며 나는 베짱이처럼 내 노래를 반복하여 불렀다. 그 뒤를 이어 기범 간사님이 들어 왔다. 다들 잘 준비했느냐는 말과 동시에 본인 책상에 앉아 핸드폰 메모장을 열어보고 있었다. 간사님의 표정에서는 자신에게 마땅한 곡이 없다는 듯 난감함이 묻어났다.(짧은 글이지만 독자들은 여기서 각자의 성격을 알 수 있으리라).

시간이 지나, 서로 준비한 곡을 나누기 시작했다. 내가 먼저 시작했다. 기타를 들고 첫 곡을 불렀다. 표정들에 변화가 없다. 그렇다면 다음 곡. 표정이 있긴 한데 해석하기 어렵다. 그리고 다음 곡. 모두 가사만을 응시하고 있다. 그렇게 모든 곡을 다 불렀다. 평가가 시작된다. '글쎄!'라는 말이 첫마디였다.

곡이 어렵단다. 수준이 높아서 어려운 것이 아니라 이해하기 어렵다는 뜻이다. 망했다.

　　　다음은 은주 차례 "생명, 어쩌고 저쩌고…." 노래를 부른다. 가사가 많다. 오래 전 즐겨 보던 '퀴즈탐험 신비의 세계'가 떠오른다. 그런데 자꾸 끌린다. 따라 부르게 된다. 아니 이걸 단 몇 분 만에 작곡한 것이 경이롭다. 역시 타고났다. 내 호탕했던 웃음이 후회되었다. 이어 또 다른 곡을 부른다. "그는 사랑…, 어쩌고…." 이건 멜로디가 좀 어색하다. 그런데 또 끌린다. 예전에 썼던 가사와 곡인데 다듬어야 한다고 말한다. 은주는 삶이 작곡이다. 부럽다.

　　　병찬이 형이 한숨을 쉬며 준비한 만큼까지 노래를 불렀다. 너무 단조롭다. 어디서 들어봤을 법한 노래다. 수정하거나 다시 쓰거나 고민이 필요했다. 안색이 점점 어두워진다. 형은 이번 앨범을 준비하며 곡을 처음 쓰기 시작했다. 그래서인지 더욱 초조해 보였다.

　　　뒤를 이어 기범 간사님이 곡을 들려준다. 역시 우울하다. "만일, 주님이…, 사랑받을 자격 없다…." 저분의 끝은 어디인가. 다크함이 매번 샘솟는다. 그런데 늘 그렇지만 노래가 너무 좋다. 내 취향이다.

13집이 발표되었다. 내 곡을 뺀 모든 곡이 선곡되었다. 익숙하다. 흔히 있는 일이다. 어노인팅 안에는 작곡가들이 많다. 싱어, 연주자, 음향 엔지니어를 포함한 모든 사람이 작곡 가능하다. 팀 내에서는 경연대회 비슷한 일종의 프로젝트가 기획되곤 한다.(난 꼴등 한 번과 2등 한 번을 했다). 이 때문에 모두가 거절에 익숙하다. 재미있는 것은 당시에 선정되지 않았던 곡들이 이후에 발표되어 사랑받는 경우가 종종 있다. 곡을 만드는 일은 그래서 더 재미 있다. 전문적이지는 않지만 그저 내 생각을 정리할 수 있는 시간이다. 워낙 말을 잘 못하다 보니 나는 글을 쓰는 걸 좋아한다. 그리고 글로 표현되지 않은 감정을 곡에 담을 수 있어서 난 노래가 좋다. 이런 말이 떠오른다.

사람은 말로 다 표현할 수 없어 글을 쓰고, 글에 다 담을 수 없어, 노래를 만들고, 노래로 다 표현할 수 없어 춤을 춘다.

하늘에
닿아도

가끔 자신이 작곡한 곡을 설명해야 할 때가 있다. 어떤 곡들은 설명하려 할 때, 어려움을 겪기도 한다. 또한 명확하게 설명할 수 없는, 소위 시적인 느낌들을 정보 전달의 형식으로 표현하다 보면 에둘러 말하게 되는 나를 보게 된다. 이런 노래들을 듣고 부름으로써 그 내용이 설명될 수 있다면 얼마나 좋을까? 그러나 한편으로 이런 곡들의 좋은 특징은 작곡자의 의도와 설명으로는 다할 수 없지만, 개인의 묵상에 따라 다양하고 풍성한 경험을 준다는 것이 장점으로 생각된다.

어노인팅 예배캠프 2020에 수록된 <하늘

에 닿아도>를 많은 분이 공감해 주시고 사랑해 주신다.(내 곡은 대중성이 없기에 조금만 사랑해주셔도 티가 난다). 이 곡 또한, 작곡한 의도보다는 개인의 상황과 환경 속에서 해석되는 힘이 노래에 반영되는 것 같다. 이 노래를 작곡할 수 있었던 주요 단어 첫째는 '길', 둘째는 '비로소', 셋째는 '여전히' 였다.

#길

누구나 일상 속에서 오가기를 반복하는 길이 있다. 나도 집을 나설 때와 집으로 돌아올 때 반드시 걷게 되는 길이 있다. 똑같은 길인데 시간과 계절에 따라 풍경을 바꾸는 길이다. 봄이 와 꽃이 피는가 싶으면 초록이 무성한 여름이 오고, 땀 흘리며 걷던 여름의 그 길은 어느새 서늘한 바람과 함께 가을의 중심에 도달해 있다. 그러다가 어느새 겨울이 오고 눈을 맞으며 길 위를 걷는다. 계절이 바뀌어도 길은 그 자리에 여전하고, 계절에 따라 옷차림만 바꾼 내가 여전히 그 길을 이용하며 일상을 살아간다.

　　　　같은 길 위에서 계절이 서서히 바뀌듯, 그 길

위를 오가는 육체와 영혼들의 계절에도 변화가 있을 것이다. 기쁨이 있다 싶으면 무미건조한 생활을 살게 되고, 지루하다 싶으면 고민의 시간과 번뇌하는 시간을 보내면서. 그러고 보면 변화 없을 것 같은 우리의 인생은 계절의 변화만큼 다사다난한 편이다. 더불어 다양한 상황과 심정의 변화를 겪으며 각자의 길을 걷고 있는 것이다.

　　'길' 위에서 희로애락은 일상 중 다른 모양으로도 마주하게 된다. 곡 준비로 부산하던 시기, 무시로 찾아온 번민에 허둥대며 갈피를 잡지 못하던 때가 있었다. 하나님께 어떤 기도를 드려야 할지, 하나님께 어떻게 도움을 청해야 할지, 어떤 태도를 취해야 할지, 누군가에게 전할 수도 없고 전하기도 싫은 상황에서도 여전히 같은 길을 걷고 있었다.

#비로소

나에게 얽힌 문제를 풀어 보려고 깊이 생각하고 고민했다. 늘 그렇듯 고난 속에 신음하지만, 칠흑 같은 어두움 속에서 힘에 부치도록 발버둥쳐야 문제를 해결할 수 없는 무능한 자신을 인정하게 되는 것 같다. 나는 그제야 비로소 하나님을 바라보게 되는 교만한 사람이다. 그 가운데 입에서 맴도는 성경 구절이 있었다. 너무 유명한 말씀이고 평소 좋아하는 말씀, 시편 73편 중 25절이다.

내가 주님과 함께하니, 하늘로 가더라도 내게 주님밖에 누가 더 있겠습니까? 땅에서라도 내가 무엇을 더 바라겠습니까?

새번역

일상 중에 오가며 걷는 길 위의 변화들처럼 인생길도 계절이 바뀌듯 교차 감정이 공존한다. 근심과 평안, 슬픔과 기쁨, 불안과 희락. 하나님의 소유로 정해진 나의 삶이니 변화무쌍함을 원망하지는 않는다. 근심이 지나고 나면 평안이 찾아오고, 슬플 때가 있으면 기쁠 때가 있다는 것에 새로운 힘과 용기를 얻는다. 불가시적인 미래를 향해 걸어가는 것처럼 느껴지는 우리의 삶을 향하여 성경은 하늘에서도 땅에서도 주님이 우리 곁에 계심을 전하고 있다. 더불어 우리의 계절 속에서 일하시는 주님이 한결같이 동행하시며 이끄시고 계심을 바라보아야 한다고 전한다.

#여전히

시편 73편 기도자의 고백을 통해 오늘을 살아내는 신앙인의 태도를 보았다. 그의 안타까움과 억울함, 고난의 상황과 환경은 깊은 깨달음 속에서도 변하지 않았다. 오히려 변한 것은 본인이었다. 본 시편의 초반에서 느껴지는 시인의 심정과 태도는 짙은 분노와 거센 노여움이다. 동시에 즉각적인 하나님의 징벌을 원한다. 말로 설명될 수 없는 탄식의 시간을 자신의 힘으로 견뎌봤지만, 그는 버틸 수 없었다. 결국 하나님 앞에 문제를 가지고 나아갈 때에야, 이 모든 의심과 고통으로부터 자유로움을 얻을 수 있었다. 그 자유함은 25절~28절을 통해 느낄 수 있다.

내 몸과 마음이 다 시들어가도,
하나님은 언제나 내 마음에 든든한 반석이시요.

내가 받을 몫의 전부이십니다.
주님을 멀리하는 사람은 망할 것입니다.
주님 앞에서 정절을 버리는 사람은,
주님께서 멸하실 것입니다.
하나님께 가까이 있는 것이 나에게 복이니,
내가 주 하나님을 나의 피난처로 삼고,
주님께서 이루신 모든 일들을 전파하렵니다.

새번역

작곡을 하고 이 노래를 부른 나의 삶도 마찬가지이다. 아직 문제에 대한 해결과 상황의 변화는 없다. 심지어는 더 묻고 한탄할 힘도 없다. 그러나 내가 얻을 수 있는 답은 '나'라는 존재가 주님 곁에서 안전하다는 것이다. 문제의 해답을 알고 있다. 반면, 현실의 문제가 예측할 수 없이 찾아올 때 휘청하는 나의 연약함을 보게 된다. 그러나 몸과 마음이 시들고 사그라져도 우리는 주님을 놓치지 않을 것이다. 그 이유는 우리는 하나님의 임재를 경험했기 때문이다.

같은 길에서 다른 계절을 만나고
기쁨 슬픔 반복되는 모든 시간 속에서
주님을 바라보네
같은 길 위에 나의 계절을 아시고
근심 평안 공존하는 모든 상황 속에서
주 나를 살피시네
하늘에 닿아도 주님밖에 없고
땅 위에 놓여도 주님밖에 없네
인생을 걸을 때 주를 따라가고
내 삶이 다할 때 주님 곁에 있네
몸과 마음 사그라져도
주는 나의 영원한 반석
몸과 마음 시들어가도
나는 주를 놓지 않으리

<하늘에닿아도> 가사 중

그 가슴엔
꽃이
피겠다

아마도 나만 그럴 것이다. 세상에서 제일 편하고 따뜻한 존재, 아프면 찾게 되고 필요하면 언제든지 요청할 수 있게 되는 사람. 그리고 세상에서 제일 만만한 사람. 남들에게는 소리 한번 못 치는 사람이지만 그녀를 향해서는 아주 몹쓸 소리까지 내뱉는 난 형편없는 아들이다. 지난 날의 상처때문인가? 반항심이 아직도 남아 있나? 반복되는 후회 속에서도 난, 그녀가 안전하다는 이유로 늘 한결같은 아들이다.

그런 그녀가 낯설어지고 있다. 이제 더는 안전한 사람이 아니다. 더는 모진 행동과 모진 말을 받아 줄 수 있는 사람이 아니다. 안아도 따뜻함이 느껴지지 않는다. 품속에 들어가고 싶어도 그만한 공간을 찾을 수 없다. 여섯 살 아들의 영상 통화에서 비친 그녀가 매우 낯설다. 모든 것이 가능하다면 지금이라도 당장 달려가고 싶다. 다시 안기고 싶다. 가장 멋있었던 이촌동 시절의 그녀의 등에 업히고 싶다. 그리고 "네. 엄마!"라고 말하고 싶다.

2018년 3월 어노인팅 목요예배 중, 동생으로부터 전화를 받았다. '오빠'라는 한마디에서 이미 목덜미를 잡힌 듯한 느낌을 받았다. 엄마가 많이 아프다고 했다. 실은 짐작하고 있었다. 준비하고 있었다고 말하는 게 맞을 것 같다. 엄마는 결과가 나오기 전까진 내가 모르길 바란 것 같았다. 왜 드라마나, 영화 속의 행복한 엄마의 모습은 늘 비현실이 되고, 짓궂게 애잔한 일은 현실이 되는 걸까…. 역시 이번에도 현실이었다. 기구했다.

　　'암'이라는 소식이었다. 그것도 가슴에 생겼단다. 울어야 했다. 그래서 울었다. 울지 않으면 죽을 것 같았다. 이제 막 세 살이 된 아이가 나를 향해 아무 행동도 하지 않고 바라보고만 있었다. 마치 내가 엄마를 바라보고 있는 것 같이 말이다. 이후 가족들과 함께 수술을 결정했다. 이렇게 한마음이 되어 본 것이 오랜만이었다. 우리 가족은 약 2년 동안 엄마의 회복을 위해 모든 관심을 집중했다. 그 시간 가장 고생한 동생 지혜에게 너무 감사하다. 치료 과정에서 항암이 시작되었다. 그 선택의 결과는 그녀의 목숨과 나의 엄마라는 존재를 바꾼 것이었다.

'엄마'가 점점 사라졌다. 점점…. 지금도 생각하면 당시의 판단이 옳은 것인지 모르겠다. 깊은 새벽, 지방에서 가슴을 부여 잡고 맨발로 고속버스에 올라, 응급으로 서울에 올라온 엄마를 생각하면 나의 온 몸이 부풀어 올라 터질 것 같았다. 많은 사람들이 공감할 것이다.(혹, 동일한 상황에 있는 분들이 계신다면 진심어린 위로를 드린다).

　　　시간이 지나고 세월이 지난 지금도, 그녀 앞에서 나는 '엄마'를 찾는다. 부서질 것 같아 안을 수 없다. 말하면 눈물이 터질 것 같아 대화할 수가 없다.

품에 안기고 싶어도 이젠 자리가 없다. 아쉬운 마음에 겉옷 주머니에 손을 넣어 보아도 들어가질 않는다. 난 여전히 '엄마'가 필요하다.

아무렴

봄에 나뭇잎 떨어지면
어떡하나
여름에 눈 내리면
어떡하나
그럼,
겨울에는 꽃이 피겠지.
암, 그렇고말고.
그 가슴엔 꽃이 피겠지.

모든 이는
누군가가 준비해 준 옷을 입고
세상을 시작한다

나는 어린 시절 노쇠한 외조부모의 돌봄으로 자랐다.
이른 새벽, 눈이 오나 비가 오나 교회를 찾고, 복음을
전하기 위해 자전거를 타고 온종일 병원과 상점을 찾
아다니셨던 분, 일제 탄압의 상처가 고스란히 육체에
남겨져 평생 통증 속에 사시면서 '주님 예수 나의 동
산'을 매일 노래하고 '하나님이 보고 싶다'며 눈물 지
어 기도하셨던 외조부. 없는 살림을 도맡아 8남매를
사역자로 키우고, 그 시대 어머니 대부분이 그러하
듯 장성한 어른이 되어도 문제를 일으키는 자녀들의
짐을 묵묵히 감당하시며, 일평생 가정의 질고로 허리
펴지 못하신 외조모. 아직도 그 시절 두 분과 함께한

일상의 기억들이 뇌리 깊이 남아있다.(새벽예배 후 할아버지 옆에 누워 잠을 청하던 그때가 그립다).

지금으로부터 오래 전, 외조부의 임종을 지켜보았고 외조모의 입관을 보았다. 깊게 팬 주름, 거친 껍질이 벗겨지고 있는 손, 가쁜 호흡. 일평생의 고통을 하루에 다 되짚듯이 한숨 한숨을 씹고 계셨다. 온 가족은 초조하게 헤어짐을 기다리며 두 분께 못다한 마음을 드렸다. 눈물이 앞을 가리는 시간, 만감이 교차했다. 그리고 자녀들은 이루 말할 수 없는 감정을 서로에게 토로하였다.(마치 자신의 죄를 회개하는 것처럼 보였다).

그 와중에 인상 깊은 건 임종하신 외조부모의 얼굴이다. 얼굴에 비치는 평안함을 잊을 수 없다. 지난날의 옷을 벗고 수의를 입은 채 '주님 예수 나의 동산'을 부르시듯 누워계신 외조부, 평생 굽었던 허리를 펴고 이제 편히 누워계신 외조모를 바라보니 지난 날 고뇌의 옷을 벗고 주님을 맞이할 새 옷을 입고 계신 느낌이었다.

그리고 오랜 시간이 지났다. 이후 나는 결혼을 했고, 나와 아내는 아이를 가졌다. 첫아이를 맞이하는 설렘이 가득한 어느 날, 아내가 아이를 위해 배냇저고리를 손수 만들고 있었다. 그런 아내가 참 사랑스러웠다. 막바지 가듬새를 위해 다림질을 마치니 새하얗고 앙증맞은 배냇저고리가 거실에 걸리게 되었다. 갓 태어난 아이가 저기 걸린 저고리를 입고 있을 생각을 하니 가슴 속 깊은 곳부터 설렘이 샘솟았다. 그러다 문득, 바라 보고 있는 아이의 배냇저고리와 지난 날 하나님의 부르심을 다하신 외조부의 수의 이미지가 서로 겹치며 동일하게 보였다. 한쪽은 새로운 생명으로 태어나 인생을 시작하기 위해 옷을 입고, 한쪽은 세상의 옷을 벗고 영생을 기대하며 새로운 옷을 입었다.

모든 이들은 누군가가 준비해 준 옷을 입음으로 세상을 시작하고, 누군가의 도움으로 세상의 찌든 옷을 벗는다. 우리 아이는 새하얀 배냇저고리가 닳고 닳아 그 색을 잃어버릴 때까지 이 세상에서 살게 될 것이다. 그 옷은 행복과 기쁨으로 밝아지기도 하지만 근심과 고뇌로 바래질 것이다. 이곳에서는 나약한 나와 아내가 옷을 준비해 줬지만 그의 주인 되신 하나님께서는 남루한 옷을 벗기시고 더 이상 연약함으로 얼룩지지 않을 새 옷을 입히실 것을 나는 믿는다.

주와 내 영혼이 서로 마주할 그 때에
근심의 옷을 벗고 영원을 살리
주와 내 영혼이 서로 마주할 그 때에
고뇌의 옷을 벗고 영원을 누리리

<주와 마주할 그때> 가사 일부

거칠고 메마른 세상에 모래알처럼 뿌려 놓은 무미건조한 생명이 인간이라면 그 인생은 비참하다. 또한, 이 삶이 영원이라는 시간에 갇히게 된다면 그 또한 참담한 인생이다. 특히, 죄의 욕망에 젖은 세상과 사단은 우리의 인생을 이처럼 치부한다. 그러나 하나님은 사랑으로 영원한 시간을 빚으시고 섬세한 손길로 우리의 생명을 그 가운데 놓으셨다.(이 대목을 독자들에게 마음 깊이 전하고 싶다). 이 땅에서 실타래처럼 얽혀 풀 수 없는 어려운 문제들이 찾아오고 피할 수 없는 고통과 고난의 무게는 우리를 상실과 좌절로 몰아넣지만, 끝내 모든 경주를 마치고 주께 달려가 누릴 영광의 무게와 견줄 수 없으며, 한낱 숨결 같은 이 세월을 딛고 우리는 주와 마주할 그때를 기대할 것이다. 우리 모두가 이날을 맞이할 것이다.

그리고 막막함이 찾아올 때, 하나님이 느껴지지 않을 때, 죽음 앞에 섰을 때, 자신의 힘이 강해질 때, 모든 것이 뜻대로 이루어질 때, 세상의 달콤함이 나를 사로잡을 때, 분노를 참을 수 없을 때, 스스로 입지도 벗지도 못하는 우리의 아주 작음을 기억하라. 한낱 숨결같은 하루가 오늘도 사라졌다. 이 땅에 소망을 두지 않고 묵묵히 주를 의지하며 살아가는 우리를 격려하셨던 주 음성, 마침내 주와 마주할 그 시간 우리를 안으시고 보게 하실 눈부시도록 아름다운 영광 속에 주 하나님과의 영원한 사귐을 기대한다.

나의 반석이신 주님을 내가 찬송하련다. 주님은 내 손을 훈련시켜 전쟁에 익숙하게 하셨고, 내 손가락을 단련시켜 전투에도 익숙하게 하셨다. 주님은 나의 반석, 나의 요새, 나의 산성, 나의 구원자, 나의 방패, 나의 피난처, 뭇 백성을 나의 발 아래에 굴복하게 하신다. 주님, 사람이 무엇이기에 그렇게 생각하여 주십니까? 인생이 무엇이기에 이토록 생각하여 주십니까? 사람은 한낱 숨결과 같고, 그의 일생은 사라지는 그림자와 같습니다.

시편 144:1-4

휴대폰에
아기에게 전할 마음을
매일 적기 시작했다

우리는 삶 가운데 수많은 선택을 하며 산다. 나 역시
도 지난 날을 돌아보니 선택의 연속이었다. 가볍고 우
스운 이야기지만 짬뽕과 짜장면 사이에서 고민하며
식사 메뉴를 고르는 단순한 선택의 조건부터 시한폭
탄의 초시계를 멈추기 위해 먼저 제거해야 할 전선을
고르는, 영화의 한 장면 같은 복잡한 선택의 조건에
이르기까지. 고민의 정도는 다르지만 무엇을 선택해
야 하는 일, 그런 상황에 놓이는 건 늘 녹록치 않다.

　　　어찌 나뿐이겠는가. 선택의 문제는 늘 인류
에게 숙명과도 같았다. 하나님을 예배하는 사람들에

게는 다른 차원의 선택이 존재한다. '하나님의 뜻'과 '하나님의 뜻이 아닌 것', 그 가운데에서 우리는 자주 갈등한다. 아마도 이 글을 읽는 독자 중에는 다소 갈등하는 것을 터무니없게 생각하며 하나님의 뜻을 선택하는 게 마땅하고 그것은 매우 쉬운 일이라 여길 분들도 있을지 모르겠다. "당신의 영성은 무엇이냐?"는 질문을 받은 적이 있는데, 그 시점부터 지금까지 나는 유사 질문을 받을 때면 늘 '하나님의 뜻을 선택하는 것'이라고 대답한다.

하나님의 뜻은 매우 선명하다. 그러기에 세속적 가치와 충돌을 일으킨다. 하나님의 가치와 관심은 자신을 보이시는 것, 동시에 우리를 사랑하시는 것에 있다. 그러나 세속적 가치는 자신만을 사랑하는 것, 자신만을 위해 사는 것을 강조하며 현실에서의 안위를 담보로 달콤한 조건을 제시한다. 거절한다면 반대로 불편함과 어려움을 감당하며 살아야 한다. 그러므로 자신의 욕망을 부인하고 하나님의 뜻을 선택하는 것은 매우 어려운 일이다. 그 과정에서 치열하게 갈등해야 할 순간이 찾아오지만 자기 생각과 뜻을 절연히 잘라버리고 선명한 하나님의 뜻을 선택하는 것이 영성이다.

어노인팅 정규 12집에 수록된 <매일매일>의 작사 배경에는 '하나님의 뜻'과 '하나님의 뜻이 아닌 것' 사이에서 심히 고민하고 갈팡질팡했던 내 삶의 현실이 반영되었다. '하나님의 뜻을 구한다'는 말에는, 하나님의 뜻과 우리에게 주실 지침을 간구하는 내용이 포함되어 있다. 그에 앞서 성경을 포함한 여러 은혜 수단을 통해 우리는 이미 하나님의 뜻과 지침을 받았다는 것을 잘 알고 있다. 그러니 일상적인 삶에 갈등이 생길 때나 일상과 다른 상황에서 문제가 발생할 때 우리는 하나님의 뜻을 모르지 않는다. 이미 하나님께서 무엇을 원하시는지, 그렇다면 어떤 행동을 해야 하는지 잘 알고 있을 때가 더 많다.(이 상황은 보편적인 상황이며 매우 특수한 상황에서는 다를 수 있다는 점 살펴주길 바란다).

　　　이러한 맥락에서 살펴보면 '하나님의 뜻을 구한다'라는 말은 우리가 처한 상황, 특별히 '하나님의 뜻'과 '세속적 가치' 사이에서 갈등할 때 하나님의 뜻을 선택할 수 있도록 용기와 힘을 구하는 고백이라 생각한다. 우리는 하나님의 뜻을 구할 때, 전자(前者)의 의미로 기도할 때가 많다. 왜냐하면 우리는 자주 '하나님의 뜻'과 '하나님의 뜻이 아닌 것'. 즉, 현실에서 보이지 않는 것과 보이는 것 사이에서 갈등하기 때문이다. 당장 놓쳐서는 안 될 것 같은 기회를 선택하고 싶기 때문이다.

어느덧 세월이 흐른 어노인팅 12집 정규앨범을 준비하던 무렵, 그때 나는 녹록지 않은 시간을 보냈다. 삶의 복잡한 문제 속에서 복받쳐오는 감정을 부여잡아야 했던 시간과, 일상에서 반복되는 단순한 선택부터 하나님의 뜻으로 결정하기 위한 치열함까지 매우 복잡 미묘한 시간을 보냈다. 당시 아내는 출산을 앞두고 있었고 나는 아기를 맞이할 준비를 하고 있었다. 어느 날 아내 뱃속에 있는 아기가 앞으로 살아가야 할 인생에 대해 생각해 보았다. 지금까지 내가 살아온 인생처럼 크고 작은 어려움과 갈등이 아기의 삶에도 피할 수 없는 운명처럼 찾아올 거라는 생각에 마음이 무거웠다. 아기의 삶을 대신할 수 없기에 무엇으로 도울 수 있을까 고민했다. 이후, 약 보름 정도 휴대폰 메모장에 아기에게 전하고 싶은 마음을 글로 하나하나 적기 시작했다. 그 글들은 다듬어져 가사가 되었다. 그리고 가사에 멜로디가 입혀지면서 노래가 되었다.

우리는 매일매일 무엇인가를 선택하기 위해 크고 작은 고민을 하면서 살아가는 존재. 특별히 하나님이 부여하신 가치를 삶에 투영하며 살아갈 때, 절대 만만치 않은 인생의 기로 앞에 놓이게 될 것이다.

매일매일
반복되는 갈등 속에 하루하루
선택이란 갈림길에 치열하게
살아가는 우리들의 시간 속에
매일 같이
사랑이란 이름으로 하루 종일
동행하며 영원으로 이끄시는
진실하신 아름다움 노래하리

주의 얼굴을 구하는 이 자리
반가운 주의 음성으로
가물어 메마른 우리의
목마름을 채우고
주의 나라를 구하는 이곳은
영원한 주의 약속으로
우리의 마음 우리의
몸이 기뻐합니다

<매일 매일> 가사 중

두려움이
우리를
조급하게 만든다

죄를 짓지 않기 위해 그동안 모든 감각을 곤두세우며 살아왔다. 내 안에는 다양한 분야의 죄가 강력하게 존재한다. 억누르고 또 거세게 짓누른다. 그러나 의지는 매번 무기력하게 패배하고 말았다. 또 다시 마음을 붙잡고 다짐해 보지만 여전했다. 연약함은 내 의지에게만 강하다. 무너지고 나면 수치심에 한동안 허덕인다. 그런데 이것마저도 반복되어 익숙해져 버리고 심지어 합리화 하기를 반복한다. 그러다 보면 영적 '리플리 증후군'에 빠져 버린다.

깊게 교제하고 있는 목사님의 조언을 들었다. 죄를 극복하기 위한 방법을 제시해 주셨다. 죄를 짓지 않기 위해 그것을 조목조목 집중하고 묵상하다 보면 하나님에 대한 관심을 빼앗길 수 있다는 것이다. 이게 무슨 말 같지도 않은 말인가? 하나님과 관계를 위해 죄를 멀리하고자 하는 것이 오히려 독이 된다는 말에 얼떨떨했다. 그분은 말을 이어가셨다. 죄악에서 멀어지는 방법은 하나님을 사랑하라는 것이다.

　　　마음이 요동쳤으나 성급하지 않게 차근차근 곱씹었다. 말을 해석해보면 죄에 대한 관심 즉, 두려워하는 힘을, 하나님을 사랑하는 것에 사용하라는 것이다. 하나님을 사랑하는 것에 관심과 힘을 집중하면 죄와 자연스럽게 멀어진다는 말이다. 완벽하지 않지만 지금껏 들었던 조언 중에 가장 명쾌하고 현실적인 방법이었다.

하나님을 사랑하기 위해서 죄를 두려워했다. 사랑하는 사람과 오랜 기간 함께 하고 싶은 마음에 오직 헤어지지 않을 방법만을 연구한 것이다. 상대방이 무엇을 좋아하는지 알려는 노력보다 무엇을 싫어하는지에 관심을 두고 있었던 것이다. 아직도 죄와 결별하지 못했다. 그러나 그 분께 집중하는 시간이 많아졌다. 어떻게 주님과 즐거운 시간을 보낼 수 있을지에 대해 고민하다 보니 이전보다 죄와의 거리가 확연히 멀어지고 있다.

　　지인들은 관심 어린 마음으로 어노인팅과 나를 염려하며 사역 형식과 형태에 대한 방향을 조언해 주신다. 현대 문화를 적극적으로 활용한 방식으로 빠른 전환의 필요성을 강조하였다. 특히, SNS를 적극적으로 사용해 보라는 것이다. 특히, 기독교 유튜버가 되어 활발한 활동을 해야 한다는 권면이 꽤 잦아지고 있다. 들을 때마다 마음이 뒤숭숭하다. 마음은 있으나 자신이 없다. 재능이 없다. 아이디어도 없다. 반면, 멤버들은 나보다 뛰어나고 탁월한 재능들을 가지고 있다. 다양한 아이디어도 많다. 오히려 나의 소심함이 사역의 발전 가능한 부분을 축소하는 것 같다. 이런 시간을 보내다 보면 힘이 많이 빠진다. 그간 사명을 잘 감당하며 왔는데 이제는 그 역할을 못하는 느낌이다. 또한, 고지식한 흉내를 내며 고여 있는 느낌이다.

점심을 먹고 선배 형들의 방에 들어갔다. 뭐라 설명할 수 없는 마음에 그들 앞에서 축 처져 있었다. 이런 저런 이야기를 도란도란 나누다 보니, 그 속에서 무거운 마음을 해소할 수 있었다. 생각해보니 어노인팅과 나는 나름 오랫동안 시대적 상황을 민감하게 관찰하며 변화해 왔다. 시대를 해석하기 위해 고민하였고, 적용 가능 지점을 찾아 변화해 왔다. 오랜 시간 진화해 왔다. 그런데 보이지 않고 느껴지지 않는 지금의 답답함은 뭘까? 나는 코로나 19의 강세가 지속됨으로 무기력함에 깊이 빠져 버렸다. 모든 분야에서 새로운 세상을 향한 도약을 준비하고 있다. 허둥지둥 채비하며 달리는 모든 사회의 움직임 속에서 마음이 조급했다. 이 또한 두려움에 의한 것이다. 결국 미래에 대한 두려움이다.

이쯤 해서 다시 돌아 본다. 우리는 그동안 '어떻게 사역할 수 있을까?'를 먼저 집중하지 않았다. 어떤 것이 시대에서 관심을 얻고 호응을 얻을 수 있을 것인가에 대한 고민은 어느 정도 있었지만 우선 순위에서 높은 위치를 차지하지 않는다. 우리는 '이 시대에서 예배자들이 어떻게 예배할 수 있을까?'를 꾸준히 고민하며 그 대안을 찾아왔다. 이 두 가지는 비슷한 의미로 보는 사람도 있을 것이다. 나도 그렇게 생각한다. 그러나 '무엇이 선행되어야 하는가?'라는 물음에는 큰 차이가 존재한다. 이제서야 마음이 가벼워졌다. 두 가지 공존하는 마음에서 '어떻게 예배할 수 있을까?'에 무게가 더욱 실린다. 이 시간을 지나고나면 어노인팅과 나는 '어떻게 사역할 할 수 있을까?'에 대한 답을 찾아갈 것이다.

영원한 사귐으로

성령이여 우리를 예수께로
예수여 우리를 아버지께로
아버지 우리를 예수께로
예수여 우리를 성령께로

인도하소서 그 친밀한 사랑으로
인도하소서 그 영원한 사귐으로

주와 마주할 그때

영원한 시간을 빚으시고
영원한 생명을 놓으신 주
한낱 숨결 같은 세월을 딛고
당신의 오심을 기다리네

수많은 별들을 만드시고
수많은 생명을 품으신 주
한낱 숨결 같은 세상을 넘어
당신의 오심을 기다리네

주와 내 영혼이 서로
마주할 그 때에
근심의 옷을 벗고 영원을 살리
주와 내 영혼이 서로
마주할 그 때에
고뇌의 옷을 벗고 영원을 누리리
누리리

'존재' 그 자체가 창조의 이유라면 다시 말해,

존재하는 것이 창조의 목적이라면

이 땅에 살아 숨쉬는 것만으로 가치가 된다.

하나님께 우리는 기능이 아니라 존재이다. _p170

본질을 떠난
기도는
선하지 못하다

기도 부탁을 받았다. 취업을 위한 기도이다. 잘 되길 기도한다고 쉽게 답하지 못했다. 그리 어려운 일도 아닌데, 전화해온 사람이 서운함을 느낄 정도로 반응한 것 같다. 마음으로는 깊이 미안했다. 전화를 끊고 오래전 청년부 교역자로 섬겼을 때 취업을 위해 오랫동안 기도하고 있던 두 청년이 기억났다. 두 사람은 취업을 준비하는 기간 대부분의 일과를 함께 하며, 심지어 새벽기도회, 심야 기도회 등 공부와 신앙생활을 공유하며 억척스레 준비했다. 그 열심에 부응하기 위해 나는 사역자로서 마땅히 예배시간에 그들의 취업을 위해 공동 기도를 인도했다.

곧 결과가 나왔다. 희비가 엇갈렸다. 둘은 같은 기업에 응시했던 것이다. 머릿속이 하얘졌다. 그동안 열심히 준비하는 그들을 주님의 영광을 위해 합격시켜 달라며 공동 기도를 반복적으로 했던 나는 그때 비로소 알았다. 어쩌면 우리가 기도하고 있는 내용의 대부분이 하나님께 속한 기도가 아니라는 것을. 많은 신앙인이 취업을 위해 기도할 것이다. 그것도 나의 기도처럼 하나님의 영광을 들먹이며 간절한 마음을 모을 것이다. 하나님은 과연 누구를 택하실까? 평가의 기준은 무엇인가? 분명한 것은 당초 그 기도는 하나님께 속한 기도가 아니라는 것이었다.

우리가 사는 세상, 이 사회는 하나님의 제도와 통용되지 않는다. 세상은 종종 제도 속에서 하나님을 시험대에 올려놓는다. 특별한 경우, 대기업에 취직하기 위해서는 다수의 누군가가 떨어져야 한다. 학업에서 1등이 되기 위해서는 다수의 친구가 2등부터 꼴등까지 그 역할을 해줘야 한다. 돈을 벌기 위해서 누군가는 돈을 잃어야 하며, 장기를 이식받기 위해서는 극단적인 상황이겠지만 누군가가 죽어야 한다. 사회 제도들을 비판할 생각은 없다. 다만 세상 가운데 숨겨져 있는 참혹함을 살피지 못한다면 우리의 기도는 선하지 못하다는 것, 근본을 떠나 그분을 본질에 두지 않은 기도는 문제가 있다.

두 청년의 희비를 본 그날 이후, 난 기도하기 전 간구하기 적합한 내용인지 확인하는 습관이 생겼다. 성공을 위한 기도는 헤아려 볼 것이 참 많다. 성공하는 것이 옳지 못한 것은 아니나, 그것이 하나님께 기도해야 하는 제목인지 반추해 볼 필요가 있다. 성경에는 바리새인들이 예수를 정치적으로 모함하려고 군중 앞에서 예수를 향해 모진 질문을 던진 장면이 있다.

가이사에게 세금을 바치는 것이 옳으니이까 옳지 아니하니이까

마 22:17

이 질문에 예수는 이렇게 대답했다.

세금 낼 돈을 내게 보이라 하시니 데나리온 하나를 가져왔거늘 예수께서 말씀하시되 이 형상과 이 글이 누구의 것이냐 이르되 가이사의 것이니이다 이에 이르시되 그런즉 가이사의 것은 가이사에게, 하나님의 것은 하나님께 바치라 하시니

마 22:19-21

나는 이 장면을 읽어나갈 때마다 세상의 것은 세상의 방식으로, 하나님의 것은 하나님의 방식으로 행동하라는 지침을 알려주셨다고 받는다. 사회 제도 안에서 성공하는 비결은 기도보다 인간적 노력이다. 이것을 통해 경쟁력을 키우고 실력을 키우는 것이 필요하다. 사회 제도 속에서 살아가는 모든 이들은 그 가운데 공평하다. 하나님도 그것을 허락하셨다. 세상 속에서는 기도 없는 성공이 가능하다.

신앙인들도 예외는 아니다. 그러나 중요한 것이 있다. 기도 없는 삶이 가능할수록 우리는 하나님과 멀어질 가능성이 높다는 것을 알고 있다. 그러기에 하나님께 기도할 내용을 만들어야 한다. 이 말

은 우리가 하나님께 속해 있어야 기도가 가능하다는
것이다.

오늘도 기도를 부탁하는 한 통의 전화를 받았다. 내
가 그 열정을 따라갈 수 없는 젊은 사역자이다. 그는
코로나로 방역 방침이 높아졌지만, 하나님의 영광을
위해 모임을 멈추지 않는다고 말했다. 그러면서 참여
한 사람들이 예배할 때 하나님의 은혜로 모두가 안전
할 수 있도록 기도해달라고 부탁했다. 나는, 방침을
잘 지키고 안전이 조금 더 확보되길 바란다고만 답을
하고 통화를 끝냈다.

나를 감추고 싶을수록
사역이란 이름의 '일'은
더욱 활발해졌다

나는 꾸준히 오랫동안 사역하고 있다. 크고 작게 예배 사역에 기여하기 위해서 최선을 다해왔다. 지금도 쉬지 않고 사역을 위해 열심히 달리고 있는 중이다. 특별히 집중하고 있는 어노인팅 사역에는 혼신의 힘을 다하고 있다.

　　어노인팅 사역은 적지 않은 환대를 받는 사역이다. 많은 분이 주목해 주시고 인정해 주시는 단체이다. 난 올해(2022년)로 5년째 대표직을 맡고 있다. 찬양을 좋아하시는 분들과 교제하거나 예배 모임에 참석하면 대부분 호의적이다. 또 호감을 느끼고 찾아와 주시는 분들에게는 존중과 존경을 받기도 한다. 종종 칭찬을 아끼지 않으시며 대접을 해 주시는 분들도 계신다.

가끔 해로운 약에 주입된 것처럼 환각 상태에 빠져 황홀한 웃음을 지을 때가 있다. 사역이라는 덫에 빠져 죽어가고 있기 때문이다. 그러니 나는 어노인팅이란 옷을 입고 철저히 자신을 감추고 살아가고 있는 셈이다. 사역이 잘되고 있으면 마치 그것이 하나님과의 관계를 증명하듯 당당히 행세하고 사역의 좋은 결과 앞에 겸손한 척하지만, 사실 그것을 나의 신앙과 믿음의 증거로 내세우고 싶어 한다. 나를 선명하게 보여야 할 때는 더욱더 어노인팅 뒤에 숨어 나를 부인한다.

나는 좋은 사역자가 되고 싶었다. 믿음 진하고 신앙 깊은 사람으로 하나님과 사람들에게 인정받고 싶었다. 말과 행동에 영향력이 나타나고 애써 인정받는 권위가 아닌, 많은 이들이 스스로 주목해주는 그런 신실한 사역자. 하나님은 이런 나를 원하시고 그렇게 만들어 가실 거라는 걸 확신했었다. 더 정확히는 그

목적으로 나를 선택하시고 창조하셨다고 믿어 왔다. 하나님 보시기에 올바르고 사람들이 보기에 귀감이 되는 사역자가 되기 위해 스스로를 혹독히 다루었다. 올바른 모습과 성실한 모습이 흐트러지지 않는 사역자, 영성과 지성이 드러나는 사역자, 비판과 책망을 받지 않는 사역자, 삶이 사역이 되는 사역자, 예지의 능력이 있는 사역자, 사람과 구별된 사역자 이외에도 교회와 신앙인들이 바라는 모범적인 사역자로 살아가는 것이 목표이고 목적이었다. 오랜 시간 동안 이 두꺼운 옷을 입고 살아왔다.

불가능한 일이었으므로 난 이것을 성취한 것처럼 여기고 싶어서 어노인팅 사역 뒤에 줄곧 숨어왔다. 어쩌면 그러기 위해 지금까지 사역에 열심을 냈는지 모르겠다. 나를 감추고 싶을수록 사역이란 이름의 '일'은 더욱 활발해졌다. 최근 나는 이 두꺼운 옷을 여민 단추에 손을 얹기 시작했다. 아무것도 없는 나와 마주하게 될까 두렵고, 아무것도 아닌 내가 될까봐 두려우며, 아무것도 안 될 내가 될까 무서워서 비로소 은혜의 빛을 간구하고 있는 가운데 있다. 나는 아무것도 아니다. 나는 아무것도 할 수 없다. 나는 아무것도 하지 않았다. 오직 창조주께서 나를 붙드셨다.

받은
복을
세어 보아라

누구나 받은 복이 있을 거라고 생각한다. 나에게도 손꼽히는 복이 있다. '사람'이다. 삶의 여정 속에 끊임없는 만남의 복이 있었다. 지금, 이 순간에도 하나님이 주신 그 복이 내 삶에 흐르고 있다. 스쳐 간 인연보다 서로의 삶에 깊은 여운을 남긴 관계들이 많다. 하나님은 그분들을 통해서 나를 빚어 가셨다.

스마트 폰에 담긴 연락처를 넘겨 보고 있다. 많아도 너무 많다. 어림잡아 본 사람의 숫자가 100명 정도, 이보다 더 많은 사람의 관심과 사랑이 나를 지켜주었다.(이 페이지를 읽고 흐뭇한 미소가 지어진다면 의심하지 마세요. 바로 당신입니다!)

이렇게 받은 복을 작성해 보니 또 다른 하나의 복이 생각난다. 신앙과 믿음을 포기하지 않고 살아가고 있다. 복이다. 누구와 비교할 수 없지만 원치 않는 시간 속에서 견디기를 반복했다. 때마다 하나님을 의심했다. 의심이라고 해야 하나? 납득할 수 없었다. 포기할 만한 조건을 갖추었다고 생각한 적도 있었다. 그러나 하나님이 나를 포기하지 않으셨다. 늘 떠나려고 하는 의지는 강했으나 돌아가고자 하는 마음과 힘은 나에게 없었다. 그럼에도 성령 하나님의 탁월함으로 내가 있어야 할 곳, 내 영혼이 안전한 주님 품에 자리하고 있다.

꼬리에 꼬리를 문다. 가정을 꾸린다는 것을 상상조차 해보지 못했다. 남편이 되고 아빠가 된다는 것을 불가능에 가까운 일이라고 생각했다. 경제적 형편, 건강의 문제, 사랑에 대한 비관적 생각 등등이 이유가 되었다. 그런 나에게 지금은 가정이 있다. 이곳에서 사랑을 받고 있다. 그중에 아내의 사랑이 가장 크다. 그녀와 결혼하지 않았으면 만나지 못했을 생각에 아찔하지만, 마음 벅차도록 감동스러운 서진이가 있다. 그리고 사랑의 깊이와 넓이를 한없이 넓혀준 서율이가 있다. 더욱 완벽한 것은 언제든지 기대고 안길 수 있는 장인어른과 장모님이 있어서다.

또 받은 복이 생각난다. 나는 지금 어노인팅과 사역하고 있다. '일제강점기'와 '한국전쟁'도 피해간 작은 산골 마을에서 찬양 인도를 하던 사춘기의 사내아이가 서울에 있는 사역 공동체의 일원이 된 것이다. 글을 쓰고 있는 이 순간에도 놀랍다. 어노인팅이 한국을 대표하는 대단한 단체는 아니지만 뭐라고 표현해야 할까, 신기하다. 어노인팅과 함께 예배하고 앨범을 제작하고 함께 사역을 나가고 함께 밥을 먹고 있다. 내가 어노인팅이라니…, 맙소사. 너무 귀한 공동체를 만났다. 이곳이 아니었다면 난 오해에 오해를 더해가며 다른 내가 되어 있었을 것이다.

무엇보다도 아빠와 엄마, 동생 지혜와 한 가족이 되었던 것이 큰 복이다. 기껏 몇 페이지 종이에 그 세월을 통해 얻어진 복을 다 담을 수 있을까…. 한 몸으로 살아가던 모든 시간들이 복이 되었다. 부모의 신앙으로 하나님을 알게 되었고, 그들의 젊음을 먹고 자랐다. 외로움에 갇히지 않도록 곁에는 동생이 있었고 우리는 함께 아픔을 견뎌 왔다.

성경에 등장한 하나님 편에 서 있는 사람들은 복을 받았다. 오늘날에 하나님 편에 서 있는 사람들은 복을 받았다. 그러나 그것은 모두에 천편일률적이지 않는다. 믿음의 역사에는 다양한 사람들이 받은 다양한 복이 있다. 지금까지 나열한 복은 내가 받은 복이다. 복은 놀부처럼 타인이 받은 복을 따라 갈구하는 것이 아니다. 그가 성경에 나온 인물일지라도 우리는 삶에 관여하시는 하나님의 일하심에 늘 많은 질문을 가지고 있다. 그러나 그 답을 들을 수 없을 때, 잠시 탄식과 원망, 불안과 두려움의 감정을 뒤로하고 "받은 복을 세어 보아라".

회귀보다
회복이
필요하다

'코로나19'가 전 세계를 덮쳤다. 많은 사람들이 당혹스러움을 금치 못하고 있다. 오랜시간 지속되지 않을 것이라는 주장과 종식되기 어려운 상황으로 새로운 시대를 맞이할 것이라는 예측들이 서로 팽팽히 맞섰다. 일상이 잠시 멈추었다. 그래서 시간적 여유가 많아졌다. 특히, 나는 안전불감증이 심하다. 방역 지침을 지키는 것에 예민하기에 중요한 일이 아니면 집안에 머물렀다. 사역도 일시적으로 중단해야 했다. 논문 작성, 독서, 웹서핑, 육아, 영상회의 정도 외의 시간에는 잡생각을 많이 하게 되었다.

사람들과 부대끼는 시간이 많다 보면 매우 극심한 피로감을 느낀다. 그럴 때면 '사람이 없는 한적한 시골에서 조용히 살고 싶다. 경쟁도 없고, 관계의 아픔도 없고, 소유도 많이 필요 없는 생활을 하면 좋겠다.'라는 생각을 하게 된다. 그러나 반대로 혼자 있는 시간을 오래 보내다 보면, 스스로 느끼는 소외감에 괴로워하며 외로움에서 탈출하여 무리와 어울리고 싶어 한다. 변덕이 심하다. 그리고 심취했던 전통적 스타일에 매력과 흥미를 잃어버리고 신선함이 느껴지지 않는다고 생각되면 새로운 대안을 요구하는 태도를 취한다. 반대로 진취적인 현대적 스타일을 접하면 전통에서 벗어나는 것을 우려하는 동시에 불편한 이질감을 호소하며 이전 것의 중요성과 필요성을 더욱 강조한다.(맞다! 상종하기 싫은 사람이다). 이런 내가 싫다.

얼마 전, 어노인팅의 촘촘한 사역 일정으로 극심한 피로감을 느꼈다. 더불어 공동체 내에서 다양하게 일어나는 관계적 일들로 에너지 소모가 상당히 컸다. 또

한, 사역 방식의 고착화에 위기감을 느끼고 염려하며 그 대안을 모색하기 위해 대부분의 힘을 어노인팅 사역의 방향성을 고찰하는 데 몰두했다. 많이 지쳐 있었다. 쉼이 필요했다. 현재는 코로나 19로 공동체와 공간적으로 분리되어 있다. 사역 일정도 대부분 취소되어 시간적 여유가 생겼고 사역의 미래를 고민해 볼 수 있는 기간도 확보된 상황이 되었다. 그러나 얼마 지나지 못해 또 마음에 변덕스러움이 피어나기 시작한다. 멤버들을 만나고 싶고, 함께 모여 지금까지 지향하던 철학과 스타일을 더욱 견고하게 하는 동시에 다양한 사역을 해보고 싶었다. 아웅다웅했던 시간이 그리웠다.

주위에 있는 대부분의 사역자와 신앙인들이 탈진하고 있다. 한쪽은 지속적인 사역 프로그램 개발과 높은 참여율로 성과를 인정 받아야 한다는 고지론적 성장론에 고통스러워하고 있으며, 또 한쪽은 열심 있는 참여와 봉사가 하나님께 사랑받는 비결이라는 서글픈 신앙 생활을 답습하며 헌신이 곧 믿음이라는 불편한 덫에 걸려 병들고 있다. 한국교회가 지쳐 보인다. 적어도 내 주위의 열심 있는 신앙인들은 탈진하고 있다. 그래서인지 양쪽 모두 '교회란 무엇인가?' 에 대한 성찰이 필요하다고 말한다.

코로나 19로 한국교회의 모임이 멈춘 지 2년 여 시간이 흘렀다. 그간 탈진되어 고통을 호소하던 사람들은 과거를 그리워하며 이전의 모든 것이 회복되길 바라고 있다. 그 이야기를 들으니 다시금 마음이 산란했다. 생각해보면 우리가 함께 모여 있던 과거는 관계의 파괴, 집단 내부의 차별, 정치적 생태계 형성, 집단이기주의, 타인의 존재 파괴, 의심과 분열, 권력의 지배, 권력에 저항, 심지어 자연 파괴 등을 포함한 많은 부정적 요소가 있었다. 그런데 왜 그토록 다시 모이고 싶은 걸까? 1년이 지난 지금 우리는 과거의 기억을 잃어버린 것 같다.

　　　회복은 중요하다. 한 인간이 병이 들어 몸이 아프면 이전으로 돌아가길 꿈꾼다. 어떤 능력으로 모든 것이 이전으로 돌아간다면 병이 생길 요소와 함께 돌아가게 될 것이다. 그래서 치유가 필요하다. 예전의 모습으로 돌이키는 것이 아닌 질병의 근원을 헤아리고 치료하여 보다 나은 몸으로 새로워지는 것이다. 하나님 또한 우리를 과거로 돌려 보내지 않으시고 이 땅에서 치유하고 계신다.(우리에게 긍정적으로 느껴지지 않은 삶이라도). 처음으로 돌아가는 것이 아니라 우리 안에 있는 악함을 소멸시키고 새롭게 빚어 가신다. 그래서 미완성의 연약한 인간들 모임은 불안하다. 병들기 쉽기 때문이다. 주님은 이러한 우리를 아시고 '교회'라는 이름으로 한사람 한사람을 모으셨다. 모두에게 사명을 주셨다. 스스로의 연약함을 인식하고 치유될 마지막 그날을 꿈꾸는 것, 그리고 완성될 하나님 나라를 온 세상에 선포하는 것이다.

한국교회는 이전의 익숙함으로 돌아가려는 조급한 마음을 잠시 내려놓고 미래로 향해야 한다. 그러기에 우리는 복음의 본질을 잘 간직하며 그간 병들었던 곳을 구석구석 섬세히 살펴보아야 한다. 그리고 그 요소들을 치유해야 한다. 교회는 이 세상의 희망이다. 무너져서는 안 된다. 우리 모두는 치유를 바란다. 지금이 그 순간이다.

예배의 예식은
'하나님의 부름'으로
시작된다

어릴 적 병원 가는 일은 늘 끔찍했다. 예방 접종, 감기
주사, 상처 치료, 특히 치과 치료는 온갖 꾀를 동원해
피하고 싶었고 모면한 때도 있었다. 매번 저항하는
나를 설득하려는 부모님은 "병원 가지 않으면 큰일
난다!", "병원 가면 좋은 것 사줄게!"라는 말로 으름
장을 놓기도 하고 달래기도 하셨다. 지금은 나도 아
이에게 똑같은 행동을 한다. 결국, 끌려가거나 마지
못해 병원에 갔다. 또 한 곳, 가기 싫은 곳이 있었다.
교회였다.

　　　정확히 말하면 예배하는 것이 싫었다. 특히,
설교 시간에는 곤욕을 치렀다. 거기에 더해서 어른

예배에 참석하게 되면 예배 시간이 왜 이렇게 오래 걸리는지 몸을 비틀어가며 엄지발가락에 힘을 꾹 주며 인내했다.

지금도 병원 가는 일은 끔찍하지만 간절한 필요에 의해 스스로 방문한다. 감기로 찾은 병원 치료에서 따끔한 주사를 맞을 마음의 준비를 스스로 한다. 의학적인 전문지식은 없지만 주사기를 통한 치료제 투약의 이유는 알고 있다. 치과에서 신경 치료는 고통스럽다. 그래도 제 발로 걸어가 치료를 받는다. 병든 치아를 방치하면 어떤 결과를 초래할지 알고 있기 때문이다. 교회를 찾는 것과 예배드리는 것 역시 지루함을 종종 느끼지만 하나님과 이웃과의 친밀한 관계의 간절한 필요에 의해 참여하게 된다.

어릴 적 예배는 신앙생활의 의무적 행동의 답습이었다. 특히, 매주 반복되는 예식 순서는 각 단계를 통과하므로 한주 동안 하나님의 보호하심을 받는 자격을 얻는 것처럼 여겨졌다. 그러나 지금은 예배의 의미를 알고 있다. 그리고 순서 하나하나의 내용을 깊이 배우고 나니 형식의 반복 안에서 예수님의 약속과 성취의 기억이 되살아나며 경험되고 있다.

코로나19가 지난 2년간 지속되었다. 대부분의 교회가 온라인으로 예배 예식을 시행했다. 성도들의 체온을 느끼지 못하며 허공에 대고 예배를 인도하는 사역자들은 지쳐갔다. 모니터나 TV 앞에서 사역자들의 인도를 그저 보고만 있게 되는 성도들은 기존 경험했던 예배와의 이질감에 집중력이 저하되어 힘들어했다.

　　그러나 생각해 보면 기존 주일 예배와 다를 바가 없었다. 그 동안에도 예배 인도자(찬양 인도자만을 지칭하지 않음)와 성도는 소통하지 않았다. 그저 일방적으로 말하고 일방적으로 바라보고만 있었다. 코로나 이후는 단지, 시청 매체와 장소만 달라졌던 것뿐이다. 비대면의 문제라고 보기에는 좀 더 근본적 고민이 필요하다. 누군가와의 영상통화를 생각해 보면 상대방의 인격이 느껴지지 않거나 대화하는 것에 큰 어려움을 주지 않는다. 공간감과 촉감적인 요소의 한계로 조금의 불편함은 있지만 소통에는 문제가 없다.

심지어 여러 명이 회의하는 온라인 플랫폼에서도 소통에 문제가 없다. 그런데 유독 예배는 왜 그럴까? 우리는 그동안 설교중심의 예배를 드렸다. 모든 예배 예식의 순서가 설교를 중심으로 구성 되어 있다. 그래서 설교와 설교자가 확보되면 예배의 조건을 갖추었다고 생각했다. 그래서 온라인 예배도 설교를 위한 찬양과 기도 중심으로 셋업 했다. 설교 중심의 예배이다. 오프라인과 온라인의 차이가 별로 없다. 어차피 설교는 일방적으로 설교자가 전달하고자하는 이야기를 듣는 것이다. 그럼에도 우리는 온라인 예배에 현기증을 느낀다.

'느낌적인 느낌'을 떠올리면 힌트를 얻을 수 있을 것 같다. 비대면 속에서 현장 모임에 대한 깊은 갈증을 느끼는 이유는 무엇일까? 예배의 예식은 '하나님의 부름'으로 시작된다. 하나님이 우리를 부르셨다. 개인을 부르시는 동시에 모두를 예수 그리스도 안으로 초대하셨다. 그래서 서로 문안하며 서로의 목소리를 들으며 하나님의 깊은 은혜 가운데로 함께 나아가길 고백한다.

다음은 '하나님의 말씀'을 기억한다. 예배에서 말씀하며 떠오르는 것은 설교일 것이다. 아니다. 성경에 기록된 하나님의 말씀이다. 말씀은 그리스도의 공동체를 깨우며 위로하고 예수그리스도의 언약을 기억하게 한다. 곧 하나님의 나라에 대한 확신을 주시는 것이다. 그래서 말씀을 낭독하고 교독한다. 이어 설교자는 성도를 대표하여 말씀을 깊이 이해하고 이 말씀은 반드시 성취될 것이라는 믿음의 확신을 선포한다. 그런 다음 그리스도의 공동체는 떡과 잔을 나눈다. 성도가 함께 이 예식에 참여할 때 예수그리스도의 죽음과 부활을 기억하게 된다.

우리를 대신하여 죽으신 행동으로 성도는 죄에서 승리했다. 그분의 부활은 성도의 미래를 예언한다. 또한, 하나님의 사랑을 본받은 이웃 사랑의 의무를 상기시킨다. 그래서 난 적극적으로 성도들의 움직임을 통해 참여할 수 있는 성찬 방식을 선호한다. 마지막으로 말씀과 성찬을 통해 기억하고 경험된 하나님의 사랑을 품고 세상으로 나아간다. 이 때 중요한 것은 공동체의 격려이다. 비록 세상은 악하지만 그 가운데에서 성도로서의 삶을 지켜 나아가길 다짐하며, 공동체는 서로를 격려한다. 그리고 함께 손을 잡고 그리스도의 복음을 전하러 일상을 향해 간다.

그 동안의 예배가 설교 중심만의 예배였다면 곧 온라인 예배가 익숙함을 넘어 자연스럽게 적응될 것이다. 그래서 앞서 '느낌적 느낌'으로 생각해 봤지만 성도가 대면해야 할 이유는 단지 설교를 듣기 위함이 아니라 한 몸이 되어 하나님을 예배하고 그분의 은혜를 나누어야 하기 때문이다. 그래서 우리는 코로나 시대에 공동체 예배에 목이 말랐던 것이다.

그러나 이제는 느낌적 느낌을 벗어나야 한다. 예배의 형식에 담긴 내용을 좀더 구체적으로 알게 된다면 예배의 의미 또한 발견하게 될 것이다. 그리고 병원에 끌려가던 어린 시절을 지나 스스로 병원을 찾게 된 것처럼, 지루함을 완벽히 해결할 수는 없겠지만 공동체의 예배에 더욱 가치 있게 참여하게 될 것이다. 코로나19는 우리에게 귀한 교훈을 주었다.

예배는 그저 바라보는 것으로는 안 된다. 성직자를 포함한 모든 성도들이 말씀을 중심으로 함께 모여 움직이고, 함께 모여 고백하고, 함께 모여 찬양하며, 함께 모여 끌어 안는 것이기 때문이다.

　　한국교회는 더 이상 예배를 성직자 중심의 보는 예배로 전락시켜서는 안 된다. 모든 예배자들로 하여금 더욱 적극적으로 예배를 배우게 해야 한다. 예배를 경험하게 해야 한다. 이로서 성도들의 삶의 예배로서 연장되는 예배자의 삶을 구현해야 한다.

그분은
무례함이
없으시다

어릴 적부터 지금까지 주변, 그리고 관계적 거리가
먼 신앙인들로부터 믿음을 성장시킬 방법들을 배워
왔다. 산에 올라 간절히 기도해 보고, 은사가 출중한
믿음의 선배들을 따라 방언을 해보기도 했고, 권면에
따라 금식기도를 했으며, 죄를 고백하며 치부를 드러
내기도 해봤다. 성경을 읽는 것과 암송하는 것을 반
복하기도 했고, 밤새도록 찬양을 부르며 소리쳐 주님
을 외쳐보기도 했다. 그러나 여전히 문제는 나에게
있었다고 한다. 그분들보다 열정이 부족했고, 심도
있는 행동에 도달하지 못했다.

　　하나님께 사랑받는 자녀가 되어야 한다고 배

웠다. 심지어 그중에 제일 큰 관심과 사랑을 받는 사람이 되어야 했다. 목표를 달성하기 위해 여러 목회자들에게 기도 받았고 이를 위한 방법을 제시받았다. 그래서 성경의 특정 인물들을 닮아야 했다. 모세, 이삭, 야곱, 다윗, 베드로, 바울, 그리고 요한 등⋯. 위대한 분들을 닮아가는 길은 생각보다 험난했다. 억압받는 백성도 없다. 지팡이도 없다. 하나님의 음성을 듣거나 예수님을 본 적도 없다. 당연히 기적도 없었다. 종종, 어쩌면 자주, 친밀함과 거리감 사이를 오락가락 반복하는 인간적 관계에서 믿음의 태도를 요구받는다.

신학에서는 수많은 이론을 제시하며 노선을 선택해야 함을 강요한다. 신앙생활에서 부닥치는 문제들과 성경에 관한 질문, 그리고 현대에서 벌어지는 많은 이슈를 신학은 비평하고 절대적인 논리를 토대로 결론 짓는다. 그러나 항상 그 관점은 사람을 통과한다. 위대한 업적을 남긴 종교개혁자들, 현대신학의 거장들과 그들을 따르는 추종자들의 관점을 통해 하나님의 뜻을 헤아린다. 심지어 각각의 주장이 충돌되면 오늘날 신학자들도 자신의 노선을 따르길 강요한다.

지난해 나는 학위 논문을 썼다. 주제에 따른 근거를 제시하기 위해 성경적 해석을 포함하지만, 여전히 한 인간의 관점을 탁월하며 우월하다고 인정하며 결론을 돌출했다. 어쩌면, 아니 이미 난 절대적이라고 스스로 결정한 노선을 선택했다.

신앙인들의 소수는 각자 삶의 경험과 신앙적 체험을 절대적으로 믿는다. 하나님의 일하심을 자신의 관점에서 보편일률적으로 적용한다. 더불어 강요한다. 한 사람의 미래를 살펴보아도 그 속에 하나님의 일하심의 방법은 매번 다양하고 새롭다. 그런데 인류의 모든 역사를 한 가지 공식으로 적용하고 설명하는 것은 매우 안타깝다. 그렇게 이해하는 것까지는 좋다. 그러나 모든 이들에게 자신의 경험을 절대 공식처럼 요구하는 것은 무례한 행동이다.

이 또한 나의 이야기이다. 깊고 넓은 우주 속에 흩어진 수많은 별처럼 한 명의 인생이 무엇이라고 그 알량한 공식을 절대적으로 믿고 강요했는가…. 어른은 인생의 쓴맛 앞에 치욕을 경험하였다. 젊은이에게 그것을 충고하고 싶어 한다. 분명한 것은 그를 위함이다. 그래서인지 결과론적인 방법을 제시한다. 길을 나서면 차를 조심하고 사람을 만나면 사람을 주의하고 돈을 벌면 돈 쓰는 것을 아끼고 열심히 살면 건강을 유의하고… 등의 많은 지침을 제공한다.

청년들은 자신감에 이 모든 것을 스치듯 "네!"라고 비웃듯 대답하며 도전장을 내민다. 그의 경험을 반복하지 않겠다던 젊은이 인생에 날카로운 세월의 시련이 찾아온다. 돌아볼 겨를도 없이 그들도 어른이 된다.

비록 독특한 신앙 경험은 없었고 특별하고 신비한 만남은 아니었지만, 나에게 찾아오신 하나님의 모습과 태도를 기억한다. 모든 감각으로 그날을 생생하게 되살릴 수 있다. 그것으로 오늘까지 버티고 있다. 그분은 무례함이 없으시다. 오늘도 믿지 않는 사람, 한 사람 한 사람을 찾아가신 하나님은 각자에게 적합한 방법과 모습으로 나타내시고 있다. 우리의 눈높이에 맞추어 자연스러운 사귐을 시작하셨듯이 오늘도 하나님은 다양한 모습으로 일하신다.

하나님께 우리는
기능이 아니라
존재이다

짧은 인생을 살면서 아직 해결되지 않는 문제가 있다. 내면 깊숙한 곳에 자리 잡은 '열등감'이다. 이 열등감을 인정하기까지 오랜 시간이 걸린 것 같다. 그동안 거부하고 싶었고 피하고 싶었다. 치부가 드러나 견디기 어려운 시간이었다. 그러기까지 여러 요인이 있었다. 그중에 결정적인 것은 비교하는 습관을 통해 찾아오는 자괴감이었다. 이것으로부터 해방되기 위해 여러 번, 재차 다짐을 했다. 그러나 저항조차 하지 못하고 난 늘 쓰러졌다. 도대체 무엇 때문일까? 결국, 힘들어지는 것은 내 자신이고 파괴되는 것은 내 영혼이었다. 이렇게 평생을 살아야 한다고 생각하니 더욱 미래가 암담했다.(내가 멈추지 못하면 서진이에게도 이런 모습이 전가될 것 같다).

창세기에 기록된 가인과 아벨의 사건을 바라본다. 열등감으로 인해 가인은 동생을 죽이게 되었다. 나의 짧은 신학으로 성경을 바라본다면 이들의 제사는 처음이 아니었던 것 같다. 제사 드릴 제물을 준비한 것으로 보아, 앞서 제사를 반복해서 드렸을 것 같다. 좀 더 생각의 폭을 넓혀보면 하나님께서 제물을 받으신 경험이 가인에게 상당히 많이 있었을 것이다. 그런데 왜? 그는 그날 동생을 죽여야 했을까? 이렇게 인류 최초의 죽임이 성경에 등장한다. 사람이 죽었다. 아담과 하와의 후손이 죽었다. 그것도 친형의 분노로 살해를 당했다.

아벨을 죽이기 전 가인은 몹시 분노하였다. 자신 안에 솟구치는 열등감이 점차 커지면서 분노를 가라앉히지 못한 채 얼굴을 붉히고 있었다. 그런 가인을 본 하나님은 가인에게 말을 건네셨다. 화를 잠재우고 죄를 다스리라고 말씀하셨다. 그러나 결국 아벨을 죽였다.(여기서 난 가인이 느낀 감정을 이해한다). 만약 가인이 하나님의 말씀을 따르고 다음 기회를 통해 다시 제사를 드렸다면 하나님은 받아주셨을까? 난 충분한 가능성이 있다고 생각한다. 그런데 이 장면에서 하나님의 음성에 외에 또 하나의 존재가 있었다는 것이 느껴진다. "죄를 다스리라"는 하나님의 말씀에 문득 떠오르는 장면이 있다. 아담과 하와의 선악과 사건을 기억한다. 부족함이 없고 만족만 있는 그 에덴에서 인간은 처참하게 무너졌다. 처참함이란? 짓밟히고 내동댕이쳐지며 모든 것이 박살 나는 그런 물리적 타격이 아니라, 말 한마디만을 듣고 거짓을 선택한 인간의 영혼에 죄악이 들어온다. 사단은 손 하나 대지 않고 사람을 말 한마디로 무너뜨린다. "하나님이 왜 선악과를 먹지 말라 하셨는지 아니?", "그건 말이야! 선악과를 먹으면 너희가 하나님처럼 될까 두려워 하시기 때문이야!"(이 부분은 조금 각색되었다). 만족만 있는 에덴에서 그들은 더 큰 만족이라는 죄를 선택했다. 결국, 하나님과 자신들을 비교하였다. 하나님처럼 될 수 있다는 사단의 말 한마디는 하나님 앞에 열등한 존재인 인간이 하나님을 넘어선 존재로 변화될 수 있다는 능력의 욕망을 선택하도록 했다. 나는 죄의 시작이 열등감이라고 생각한다. 결국 비교를 통해 더 큰 힘을 갖고 싶은 욕망, 그 열등감이 인류 최초, 죄의 모습을 드러낸다.

수백, 수천 년 전의 사단은 오늘날, 우리 삶 속에서도 교활하게 활동하고 있는 사단의 모습과 비슷하지 않은가? 비슷하다 못해 동일하다. 사단에게 중요한 것은 하나님과의 관계 파괴이다. 그것을 통해 우리에게 아로새겨진 하나님의 형상을 빼앗고 싶어 한다. 그때나 지금이나 똑같은 방법을 사용한다. 그들은 무력을 사용해서 겁을 주거나 제압하지 않는다. 솔깃한 말 한마디를 건넨다. 열등감을 자극한다. 자신의 손을 더럽히지 않는다. 우리 스스로 선택 버튼을 누르게 한다. 이렇게 모든 죄악은 비교라는 열등감에서 시작되었다.

#창조의 이유

하나님은 창조의 책임을 회피하지 않으시고, 죄악에 무너진 우리 인간을 사랑의 관계(구원과 언약의 관계)로 초대하셨다. 아담과 하와의 범죄를 보시고 하나님은 그들과 단절하셨다. 하지만 그들을 포기하지 않으셨다. 정확히 이야기하면 자신의 창조 목적을 이루기 위해 즉시 일하기 시작하셨다.(그 이유를 묻는다면 주님의 크고 넓은 지혜를 다 알 수가 없다). 도무지 이해가 안 된다. 마땅히 죽음을 주셔야 하며, 또다시 인간을 창조하시면 될 것 같다. 그러나 하나님은 그들을 살려두시고 심지어 살게 하셨다. 도대체 왜 그러실까?(여기서 신앙인은 이와 상관된 많은 질문을 내놓을 수 있다. 하나님은 인간이 죄를 범할지 모르셨는지, 하나님은 왜 막지 않으셨는지 등등) 난 복잡하고 이해할 수 없는 그 이유를 여기서부터 찾아가고 있다.

　　'기능'과 '존재', 이 두 단어를 통해서 물음을 고민한다면 어쩌면 작은 실마리를 풀 수 있을지 모른다. 단순하게 생각해서 둘 중 무엇이 좋은 이미지를 주는가? 사람을 창조한 이유를 고르라면 둘 중 무엇이 더 마음에 드는가? 만약, 창조의 이유가 '기능'이라면 그 의미는 특별한 목적을 수행하도록 만들어진 것이다. 너무나 당연한 인과관계가 성립된다. 반면, 특별한 목적을 수행하지 못한다면 더는 창조자에게 가치 없는 것이 될 것이다. 그럼 '존재' 그 자체가 창조의 이유라면 다시 말해, 존재하는 것이 창조의 목적이라면 이 땅에 살아 숨 쉬는 것만으로 가치가 된다.

여러분은 무엇을 선택했는지 궁금하다. 나는 인간 창조의 목적이 존재하는 것에 있다고 생각한다. 사랑의 대상이 필요하신 하나님의 오묘하고 신비한 섭리라고 생각하는 것이 옳다고 생각된다. 결국, 하나님은 아담과 하와를 기능적 필요에 따라 창조하신 것이 아니라 목적 자체가 그들의 존재에게 있다는 것이다. 하나님께 우리는 기능이 아니라 존재이다.

#기능을 이용하는 자들
우리는 스마트폰을 주기적 또는 비주기적으로 교체

한다. 그 이유는 두 가지라고 생각한다. 하나는 스마트폰이 수행할 일들을 수행하지 못할 때, 또 하나는 스마트폰이 작동하고 있지만, 더 좋은 성능과 기능을 가진 제품으로 바꾸기 위해서이다. 사단은 존재만으로 가치가 있는 사람을 기능적 가치로 여겨지게 만들어 창조의 목적을 왜곡시키고 저하시키고 싶었다.

하나님이 사람을 기능으로 창조하셨다고 생각해 본다면, 적어도 나는 그들 중 제일 가치 없는 사람일 것이다. 이 세상에는 훌륭하고 대단한 사람들이 너무 많다. 사역자로서도 마찬가지이다. 사역자를 성능과 기능으로 비교한다면, 나는 가격대 성능 비교에 있어서 형편없는 창조물이다. 가까이부터 멀리까지 비교조차 할 수 없는 능력자들이 많다.

아담과 하와에게 다가간 사단의 모습이 매우 교활하다. 사단은 선악과를 먹으라고 말하지 않고 오히려 질문을 던졌다. 하와는 단호하게 거절하였다. 그러나 사단은 기다렸다는 듯 더욱 교묘하게 말을 이어간다. 선악과를 먹지 말라고 하신 이유가 인간도 하나님처럼 될 수 있기 때문이라는 것이다. 다시 말하면 인간에게 하나님의 능력이 생긴다는 것이다. 이 장면에서 난 감각적으로 아담과 하와의 심리를 느낄 수 있다. 그 간교한 말 속에 죄악이 스며 있었다. 아담과 하와는 곧 하나님과 자신들을 비교했을 것이다.

그 가운데 사단은 인간의 열등함을 극복할 수 있는 단서를 제공함으로 탐욕을 자극하였다. 결국, 그들은 선택했다. 죄가 그들을 먹어 삼켰다.

#존재로 바라 보시는 하나님

하나님은 사단의 속임수로 넘어진 우리를 기능으로 보지 않으셨다. 아담과 하와 그리고 우리가 범죄 함에도 존재로 바라보셨다. 그 단서는 분명하다. 아담과 하와를 대체할 다른 존재를 만들지 않으셨다.

사람을 대체할 만한 다른 존재를 창조하지 않으셨다. 오히려 하나님은 당신의 창조 목적을 이루시기 위해서 자신의 형상으로 지어진 인간을 통해 인류 구원을 시작하셨다. 그럼에도 불구하고 그들은 죽어야 한다. 우리는 죽어야 한다.

"죄의 삯은 사망이다."

올해, 성경 통독을 위해 구약을 읽고 있다. 사람은 끝없이 죄를 짓고 하나님은 끝없이 용서하신다. 21세기를 살아가는 현대에도 죄와 용서는 반복되고 있다. 하나님과 사람의 관계는 이해할 수 없는 영역이다. 오히려 신비의 영역이라고 말하는 게 좋겠다. 박지범 목사님(남미 선교사)이 매번 하시는 말이 떠오른다. 존재를 사랑하는 하나님의 헌신적인 사랑을 요약하면 '우리에게 이용당하시는 사랑'이다. 문장에서 주는 정서가 어쩌면 우리에게 불편함을 준다. 그러나 깊이 생각해 보면, 하나님은 우리가 돌아설 것을 아시면서도 오늘 나의 찬양과 고백을 기뻐하셨다. 우리를 존재로 사랑하시지 않으신다면 불가능한 논리이다. 죄의 연약함이 시들지 않는 우리의 상태를 주님은 아셨다. 우리 스스로의 힘으로 죄와 멀어질수 없음을 생각하시고 당신의 지혜로 인류를 구원하셨다. 하나님의 말씀은 이루어진다. 그 말씀에 따라 우리는 죄로 죽게 된다. 그러나 그 말씀으로 우리는 구원을 얻게 된다. 그러기에 추악한 인간의 몸을 입고 오신 그리스도께서 우리를 위해 돌아가셨다. 또한 그가 우리를 위해서 부활하셨다.

#우리는 하나님을 어떻게 바라 보는가?

다시 돌아가, 가인을 찾아간 사단이 가인에게 뭐라고 말했을까? 무엇을 통해 그의 심리에 변화를 주었을까? 아담과 하와 때문에 가인과 아벨에게도 죄가 스며 있었다. 이전보다 더욱 쉽게 유혹했을 것이다. 오히려 더 큰 성과를 얻었다. 하나님에게 거절감을 느낀 가인의 마음에는 민망함과 서운함, 그리고 분함이 공존했을 것이다.(나의 얕은 신학으로 고찰해보면 가인이 더욱 좋은 제물을 드린 것 같다). 그런 그에게 다가간 사단, 위험하지만 일리 있는 상상을 해본다. 그는 가인에게 아주 진한 열등감을 심어줄 수 있는 질문을 던졌을 것 같다.

"야 가인! 있잖아. 아벨의 제물은 받으시고 너의 제물은 받지 않으신 이유 궁금하지?"

"……"

"난 잘 알아. 바로, 너보다 아벨을 매우 더 사랑하시기 때문이야!"

"……"

"생각해봐! 아벨이 드린 제물은 손쉽게 구할 수 있는 양 새끼이고, 네 것은 땀 흘리며 애써서 자라게 한 농작물을 드렸잖아!"

뭔가 비슷하다. 가인에게 아벨과의 비교의식을 심어준다. 지난날, 아담과 하와에게 사단은 하나님과의 비교의식을 심어주었다. 비교의식은 열등감이다. 열등감은 상대보다 더 강해지고 싶은 욕망을 낳는다. 비로소 가인은 아벨을 죽였다. 우리도 이처럼 비교의식에 사로잡혀 있다면 그 상대가 실패하거나 사라지길 원하지 않는가? 그때 우리 곁에 두 가지 음성이 들릴 것이다. 하나는 분노의 마음을 다스리길 원하시는 하나님의 음성. 또 하나는 열등감을 자극하는 사단의 음성일 것이다. 선택은 우리의 몫이다.

그럼 하나님은 왜? 가인의 제물을 받지 않으

셨을까? 나의 짧고 얇은 신학 안에서는 하나님 또한 우리에게 존재적이길 원하신다는 것이다. 아마 가인은 현대를 살아가는 종교인들처럼 예배 참여에는 정성을 쏟지만 예배의 주인이신 하나님에게는 관심을 보이지 않았을 것이다. 결국, 가인은 하나님을 기능으로 바라본 것이다. 마치 종교인처럼….

어노인팅과 나의 변화에 있어서 '제자도'가 큰 역할을 하였다. 아직 미흡하고 그 깊이에 들어서지 못한 채 여전히 예배에 참여하는 것과 하나님을 예배하는 것을 구분하지 못할 때가 많다. 다시 말하면, 예배에 참여하는 것만으로 예배했다고 말할 수 없다. 어쩌면 가인과 같은 모습으로 사역하며 살아가는지 모르겠다. 우리는 박지범 목사님의 말처럼 지옥 가기 두려운 마음에 예배에 참여하는지 모른다. 때문에 벌을 받을까 예배를 더욱 중요하게 여기고, 착실하게 예배에 참석한다. 아마 가인도 이와 같은 마음이 아니었을까? 이런 가인을 바라보시며 느끼셨던 하나님의 마음이 지금 우리의 모습을 보시면서 느끼시지 않을까?

여전히 난 하나님을 기능으로 생각할 때가 많다. 성공, 기적, 치유, 천국, 안전, 명예를 소유하기 위한 수단으로 그 분을 따르는 것이 아닐까? 이런 나에게도 사단은 찾아 온다. 창세기에 기록된 그들의 모습처럼, 비교와 열등감으로 사로잡는다. 비교와 열등의 대상은 하나님이 되고, 또한 친구들이 된다. 그런 나에게 주님은 말씀하신다.

"내가 너의 존재를 사랑한 것 같이, 너도 너의 이웃을 존재로 사랑하길 바란다."

대략 8개월 정도의 시간이 지난 오늘, 글을 마무리하고 있다. 앞서 써놓은 원고들을 다시 읽고 있으니 아주 사소한 개인의 생각과 마음을 가지고 유난 떨고 있다고 생각하게 된다. 부끄럽고 민망한 것은 둘째이고 나보다 더욱 치열한 삶과 신앙 현장에서 고군분투하는 사람들이 전하는 소식들 앞에 한없이 낮아진다. 그런데도 "어떠한 상황과 환경이 하나님을 향한 당신의 고백과 노래를 막을 수 없습니다!"라는 진심 어린 응원 메시지를 한 줄의 잉크를 묻혀서라도 남기고 싶다.

　　　혈기가 왕성할 때, 인생의 고달픈 고비가 찾아오고 그것이 끝이 없이 반복되다 보면 자연스럽게 극단적인 상상을 해보곤 했다. 그러나 늘 상상으로 그치고 말았다. 이유는 단순하다. 그 순간 경험해보지 못한 극한의 고통을 참아야 한다는 두려움 때문이었다. 만약 고통 없이 결과를 줄 수 있는 어떠한 스위치가 있다면 고민 없이 눌렀을 것이다. 이후, 눈꼽만큼 인생의 길이가 더해지니 보편적이면서도 자연스러운 흐름으로의 마지막 때를 기다리게 되었다. 고통 때문이라기 보다는 앞날에 대한 어렴풋한 희망과 기대가 생기기 시작했기 때문이다.

어느덧 1년이라는 시간이 매우 빨리 지나가는 나이가 되었다. 비록 희미하지만, 주님 오실 날이 얼마 남지 않았다는 느낌적인 느낌이 조금씩 강해지고 있다. 청년의 시기에는 죽음에 대한 두려움이 상대적으로 강한 것 같다. 이유는 아직 사용해야 할 많은 힘이 남아 있기 때문이다. 할 일도 많고, 하고 싶은 것도 많고, 아직 많은 가능성을 갖추고 있기 때문이다. 인생의 정점 기준을 정의할 길은 없지만, 세월을 먹고 살아간다는 느낌을 받을 즈음, 죽음에서 고통을 잠시 떼어 놓고 생각해 보면 이것은 하나님이 우리에게 주신 축복인 것 같다. 나의 추악하고 더러운 죄는 결국 죽음만이 종결시킬 수 있다. 사람은 숨을 쉬는 한 죄악에서 벗어나기 어렵다. 모든 사람에게 죄가 끝나게 되는 날은 반드시 올 것이다. 그러나 그 뒤에는 부활과 영생이 있음을 믿는다. 예수께서 먼저 보이신 죽음과 부활, 약속의 선물을 기대하며 기다리고 있다. 하나님이 부르실 나의 마지막 때를 알 수 없지만, 하루하루 가까워지고 있다는 것은 확실하다. 그러기에 오늘은 주님이 약속하신 날을 위해 한발 더 나아가는 날이다. 소중하고 감사하다.

약 2년 전, 홍림 출판사에서 보낸 우편이 사무실로 꾸준히 배송되었다. 의심하는 병이 있어 쉽게 열어보지 못하고 한쪽 구석에 차곡차곡 쌓아 놓았다. 지속해서 전달되는 우편이 궁금하여 끝내 하나씩 열고 말았다. 그 안에는 신간 도서들이 들어 있었다. 우편 봉투를 탈탈 흔들어 보았다. 아무리 찾아도 후원 요청지를 찾지 못했다. 용기를 내어 발송자 번호로 연락을 했다. 신호음이 들릴 때는 후회를 했다. 이내 통화가 되었다. 걱정과는 반대로 적당한 온기가 느껴지는 음성을 듣게 되었다. 무엇에 홀린 듯 만남을 약속하고 얼마 되지 않아 편집장님과 식사를 하게 되었다. 첫 만남에 그간의 오해를 풀게 되었다. SNS 메시지를 통해 연락하셨는데 그 세계에 문외한인 나는 메시지를 한번도 열어보지 못했다. 어노인팅 음반에 실린 노래와 간헐적으로 마음을 표현한 시와 글을 보고 관심을 두셨다고 한다. 평소 필력이 없어 호감있는 글보다는 자신의 세계에 갇혀 타인이 이해하기에 난해한 글을 쓴다고 생각한 나로서는 어리둥절했다. 그 후로 한참을 머뭇거리다가 논문과 함께 글을 쓰기 시작했다. 에세이는 고리타분한 연구 글을 쓰는 스트레스를 해소하기에 딱 맞았다. 그러면서도 누군가가 이 글을 읽게 된다는 것에 큰 부담과 어려움에 허덕였다. 자존감도 낮아지고 괜한 일을 했다 싶었다.

　　글을 쓰고 있는 것을 지인들에게도 전하지 못했다. 점점 후회와 포기하고 싶은 마음이 커졌다. 이런 감정으로 나락에 떨어지는 순간 기가 막히게 연락해주시는 편집장님의 응원은 당근을 눈앞에 매달고 달리는 말처럼 나를 뛰게 했다. 이제는 더는 되돌

릴 수 없다. 이 글을 독자가 보고 있다면 이미 엎어진 물이다. 그러나 지난 시간은 큰 의미가 있다. 표현이 서툴고 말솜씨가 부족하여 전달하지 못했던 마음의 짐을 풀어놓은 듯하다. 그리고 최요한이라는 사람을 치료해가는 유익한 시간이었다. 이제는 글로 다 담아 내지 못한 이야기들을 노래로 전하고 싶다. 용기 내 주기 바란다.

하늘에 닿아도

같은 길에서 다른 계절을 만나고
기쁨 슬픔 반복되는 모든 시간 속에서
주님을 바라보네
같은 길 위에 나의 계절을 아시고
근심 평안 공존하는 모든 상황 속에서
주 나를 살피시네

하늘에 닿아도 주님밖에 없고
땅 위에 놓여도 주님밖에 없네
인생을 걸을 때 주를 따라가고
내 삶이 다할 때 주님 곁에 있네

몸과 마음 사그라져도
주는 나의 영원한 반석
몸과 마음 시들어가도
나는 주를 놓지 않으리